AF206170

Eine Rede zur Unzeit
ist wie fröhliche Musik in Zeiten der Trauer.

ECCLESIASTICUS XXII. 6.

Thomas M. Meine

DIE VERLORENE
STRADIVARI

Übersetzung des Buches 'The Lost Stradivarius'
von John Meade Falkner,
publiziert im Jahre 1895 bei Penguin Books,
Harmondsworth, Middlesex, England und
245 Fifth Avenue, New York, USA

Bibliografische Information der Deutschen Nationalbibliothek
Die Deutsche Nationalbibliothek verzeichnet diese Publikation in der
Deutschen Nationalbibliografie; detaillierte bibliografische Daten
sind im Internet über http://dnb.dnb.de abrufbar.

Herstellung und Verlag:
Books on Demand GmbH, Norderstedt
Alle Rechte vorbehalten
2. Auflage Juni 2019
ISBN 9 783748 138150

Inhalt

DER AUTOR / DIE ÜBERSETZUNG

John Meade Falkner wurde 1858 als Sohn eines Pfarrers in Wiltshire, im Südwesten Englands geboren. Seine Ausbildung bekam er unter anderem am Hertford College in Oxford. Er war ein Multitalent, fand Zeit für die Wissenschaft und konnte sich daneben, ohne bereits bestehende Verbindungen zu industriellen Kreisen, auf den Posten des Vorstands einer großen Gesellschaft hocharbeiten.

Auf den Reisen, die er im Auftrag seiner Firma in Europa und Südamerika unternahm, um dort mit den lokalen Regierungen zu verhandeln, studierte er Manuskripte in vielen Bibliotheken. Seine Forschungen in der Büchersammlung des Vatikans sind besonders herauszuheben. Hierfür bekam er eine Goldmedaille vom Papst. Ehrungen wurden ihm auch durch die Regierungen von Italien, der Türkei und Japan zuteil. Seine wissenschaftlichen Interessen umfassten die Archäologie, Volkskunst, die Geschichte des Mittelalters, Architektur und Kirchenmusik; daneben sammelte er Messbücher.

Er hat nur wenige Werke veröffentlicht, so wie es ihm die Zeit als Industriemanager erlaubte. John Meade Falkner verstarb im Jahre 1932. Neben 'The Lost Stradivarius', war er noch Autor von zwei anderen Novellen, 'The Nebuly Coat' (1903) und 'Moonfleet' (1898). Dazu kamen noch seine 'History of Oxfordshire', Handbücher über diese Grafschaft, wie auch über Berkshire, historische Kurzgeschichten und einige mittelalterliche Verse.

Dass er hier bestimmte Stücke von Carlo Graziani (ca. 1710 – 1787) auf der Geige (Violine) und am Klavier spielen lässt, die unzweifelhaft für Cello und Cembalo komponiert worden sind, speziell, da Graziani selbst einer der frühen Cellovirtuosen war, sei dem Autor verziehen.

Es wurden einige Korrekturen vorgenommen und einige Textpassagen hin und wieder ein wenig 'geglättet', ohne sich dabei zu weit vom Autor zu entfernen. Man darf auch nicht vergessen, dass wir uns hier – auch schriftstellerisch – in einer Zeit befinden, wo Licht noch mit Kerzen gemacht wurde und Reisen in Postkutschen stattfanden.

Ein kleines Problem gab es mit der durchgehend vorkommenden Ortsbezeichnung 'Worth Maltravers', wie sie in allen Originalversionen des Buches erscheint. Es gibt ein 'Worth' in der Nähe von Dover und ein 'Worth Matravers' direkt an der Küste. Die meisten Bezüge deuten darauf hin, dass es sich um Worth Matravers handeln muss und vielleicht eine Verwechslung mit 'Maltravers', dem Familiennamen der Hauptfigur, vorliegt. Demjenigen, dem die englische Landkarte bekannt ist, werden trotzdem noch einige räumliche Bezüge, benannte Routen oder angegebene Entfernungen 'spanisch' vorkommen; für die Geschichte ist dies aber wenig von Bedeutung. Die Ortsbezeichnung wurde, gemäß dem Original, als 'Worth Maltravers' beibehalten.

Italienische Tanzbezeichnungen wie der 'Coranto' (die Courante), die 'Sarabanda' (die Sarabande) oder die 'Gagliarde' (die Galliarde) wurden nicht verändert.

KAPITEL I

DER BRIEF DER MISS SOPHIA MALTRAVERS

Brief von MISS SOPHIA MALTRAVERS an ihren Neffen SIR EDWARD MALTRAVERS, zu dieser Zeit Student am Magdalen Hall College, Oxford.

13 Pauncefort Bulidings, Bath, 21. Oktober 1867

MEIN LIEBER EDWARD,

Es war der Wille deines verstorbenen Vaters auf dem Sterbebett, dass Dir, wenn Du erwachsen bist, bestimmte Ereignisse mitgeteilt werden sollten, die sich in seinen letzten Jahren ereignet hatten. Ich habe sie auf diesen Brief reduziert, teilweise aus meiner eigenen Erinnerung, die – leider! – immer noch zu lebhaft ist, und teilweise mithilfe von Notizen, die zum Zeitpunkt des Todes meines Bruders gemacht wurden. Da Du nun volljährig geworden bist, werde ich sie Dir schildern. Vieles davon war sehr schmerzhaft für mich gewesen, es niederzuschreiben, aber gleichzeitig finde ich es besser, dass Du die Wahrheit von mir erfährst, als irgendwelche verworrenen Geschichten von anderen, die deinen Vater nicht so liebten wie ich.

Deine Dich liebende Tante

SOPHIA MALTRAVERS

An Sir Edward Maltravers, Bart.

DIE GESCHICHTE DER SOPHIA MALTRAVERS

Dein Vater, John Maltravers, wurde 1820 in Worth geboren. Er war der Nachfolger von seinem wie auch meinem Vater, der verstarb, als wir noch kleine Kinder waren.

John sollte bald nach Eton gehen, und später, im Jahre 1839, als er neunzehn Jahre alt war, wurde entschieden, ihn auch nach Oxford gehen zu lassen. Man hatte die Absicht, ihn zuerst am Christ Church College einzuschreiben, aber Dr. Sarsdell, der uns im Sommer 1839 in Worth besuchte, überredete Mr. Thorseby, unseren Vormund, ihn stattdessen zum Magdalen Hall College zu schicken.

Dr. Sarsdell selbst war der Rektor dieser Institution und er glaubte, dass John, der zu diesem Zeitpunkt einige körperliche Schwächen zeigte, eine persönlichere Zuwendung unter seiner Obhut hätte, als er dies in einem größeren College, wie Christ Church, erwarten könnte.

Mr. Thoresby, der stets um das Wohlergehen seines Schützlings besorgt war, verwarf nur allzu gerne andere Möglichkeiten zugunsten einer Übereinkunft, die er als förderlich für Johns Gesundheit betrachtete; folglich wurde er im Herbst 1839 am Magden Hall College immatrikuliert.

Dr. Sarsdell hatte seine Versprechungen gehalten und kümmerte sich um meinen Bruder. Er verschaffte ihm ein exzellentes Zimmer auf der ersten Etage, mit angrenzendem Schlafzimmer, von wo er einen guten Blick auf die New College Lane hatte.

Ich werde die ersten zwei Jahre des Aufenthalts meines Bruders in Oxford überspringen, denn sie haben mit dieser Geschichte nichts zu tun. Sie wurden, ohne Zweifel, in der üblichen Weise von Arbeit und Erholung verbracht, wie sie zu dieser Zeit in Oxford üblich waren.

Von frühester Kindheit an war er der Musik leidenschaftlich zugetan und hatte sich ein beachtliches Können an der Violine angeeignet. Im Herbstsemester 1841 machte er die Bekanntschaft von Mr. William Gaskell, einem sehr talentierten Studenten am New College, der ebenfalls ein überdurchschnittlicher Musiker war. Die Ausübung von Musik war zu dieser Zeit weniger gebräuchlich, als es später der Fall war. Es gab auch noch keine dieser Vereinigungen, die heutzutage diesbezügliche Studien bei den Studenten fördern. Es war deshalb eine große Befriedigung für die beiden jungen Männer, die zu einer starken Freundschaft führte, als sie entdeckten, dass einer von ihnen eine große Zuneigung zum Klavier hatte und der andere zur Violine. Mr. Gaskell, obwohl er in auskömmlichen Verhältnissen lebte, hatte kein Klavier in seinen Räumen und war deshalb erfreut, ein hervorragendes Instrument des Herstellers D'Almaine benutzen zu können, das John in diesem Semester von seinem Vormund geschenkt bekam.

Seit dieser Zeit waren die beiden Studenten eng befreundet, und im Herbstsemester 1841 und im Ostersemester 1842 übten sie eine Reihe von Musikstücken in John's Zimmer, wobei er den Geigenpart und Mr. Gaskell den Klavierpart übernahm.

Ich denke, es war im März 1842, als John ein Möbelstück für seine Räume kaufte, das später dazu bestimmt war, eine wichtige Rolle in der Geschichte zu spielen, die ich gerade schildere. Es war ein sehr großer und niedriger Korbstuhl, in einer Form, wie sie zu dieser Zeit in Oxford in Mode kam und seither, so hat man mir gesagt, ein vertrauter Gegenstand in vielen Collegeräumen wurde. Er war mit einem knallbunten Baumwollstoff bezogen und wurde neu von einem Polsterer am Ende der High Street erworben.

Mr. Gaskell wurde von seinem Onkel nach Rom mitgenommen, um dort mit ihm Ostern zu verbringen. Da er Sonderurlaub erhielt, um seine Reise verlängern zu können, kam er erst spät im Mai zurück, als bereits drei Wochen des Sommersemesters vorbei waren. Er war so ungeduldig gewesen, seinen Freund zu treffen, dass er noch nicht einmal den ersten Abend nach seiner Rückkehr vorbeigehen ließ, ohne bei den Räumen von John vorbeizugehen.

Die beiden Männer saßen da, ohne Licht, bis spät in die Nacht hinein. Mr. Gaskell hatte viel zu erzählen über seine Reise und sprach ganz besonders von der wundervollen Musik, die er über Ostern in den römischen Kirchen gehört hatte. Er hatte auch einige Klavierstunden bei einem berühmten Professor des italienischen Stils genommen; besonders entzückt war er von der Musik der Komponisten des 17. Jahrhunderts, von deren Werken er einige Stücke, geschrieben für Violine und Klavier, mitbrachte.

Es war bereits nach elf Uhr, als Mr. Gaskell ging, um zum New College zurückzukehren. Die Nacht war ungewöhnlich warm, und der Mond hatte fast seinen vollen Umfang erreicht. John saß einige Zeit auf einem gepolsterten Platz am Fenster vor dem geöffneten Flügelrahmen und dachte über das nach, was er über die italienische Musik gehört hatte. Er fühlte sich immer noch abgeneigt, schlafen zu gehen, und steckte eine einzelne Kerze an. Dann begann er damit, in den Noten von einigen Werken zu blättern, die Mr. Gaskell auf dem Tisch zurückgelassen hatte.

Seine Aufmerksamkeit wurde ganz besonders auf ein längliches, in schmutzigem Pergament gebundenes Buch gelenkt, auf dessen Rücken ein vergoldetes Wappen eingeprägt war. Es war die Kopie eines Manuskripts einiger früher Suiten von Graziani für Violine und Cembalo, das offensichtlich im Jahre 1744 in Neapel angefertigt worden war, viele Jahre nach dem Tod des Komponisten. Obwohl die Tinte gelblich geworden und verblasst war, war die Abschrift so akkurat verfasst, dass sie von einem fortgeschrittenen Musiker ohne große Mühen gelesen werden, trotz der veralteten Notenschrift.

Vielleicht durch Zufall, oder vielleicht durch eine mysteriöse Fügung, die unser Verstand nicht fassen kann, wurden seine Augen auf eine Suite mit vier Sätzen gelenkt, mit einem *basso continuo*, einem fortlaufenden Bass, für das Cembalo. Die anderen Suiten in dem Buch waren lediglich nummeriert, aber diese hier hatte der Komponist mit dem Namen *l'Areopagita* gewürdigt.

Fast mechanisch stellte John das Buch auf seinen Notenständer und nahm seine Violine aus dem Kasten. Nach ein paar Momenten des Instrumente Stimmens stand er auf und spielte den ersten Satz, ein lebhafter *Coranto*.

Das Licht der einzelnen Kerze, die auf dem Tisch brannte, war gerade ausreichend die Seiten zu beleuchten; die Schatten hingen in den Knitterfalten der Blätter, die sich in diese welligen Falze verwandelt hatten, die man manchmal bei Büchern sehen kann, die aus dickem Papier gemacht wurden und lange geschlossen waren. Das machte es schwierig für ihn, die zu spielenden Noten zu sehen. Er fühlte aber den seltsamen Impuls dieser Musik aus der alten Welt, die ihn vorwärtsdrängte; er machte noch nicht einmal eine Pause, um die Kerzen anzuzünden, die in den Leuchtern auf der anderen Seite des Tisches bereitstanden.

Dem *Coranto* folgte eine *Sarabanda* und der *Sarabanda* eine *Gagliarda*. Als mein Bruder spielte, stand er mit dem Gesicht zum Fenster hin und mit dem Zimmer und dem großen Korbstuhl, den ich bereits erwähnt hatte, hinter ihm. Die *Gagliarda* begann in einer kecken und lebhaften Weise, und als er die ersten Taktabschnitte davon spielte, hörte er hinter sich das Knarren des Korbstuhls. Der Klang war bestens vertraut – so, also würde jemand seine Hand auf beide Armlehnen legen, bevor er sich darin hineinsetzt.

Dem folgte ein weiteres Geräusch, als würde es sich eine Person darin bequem machen. Mit Ausnahme der Töne, die von der Violine kamen, war alles herum still, aber das Knarren des Stuhls war seltsam deutlich. Die Illusion war so vollkommen, dass mein Bruder schlagartig aufhörte zu spielen. Er drehte sich um, in der Erwartung, dass ein ihn spät besuchender Freund, angezogen vom Klang der Violine, unerwartet hereingeschlichen war, oder dass Mr. Gaskell selbst zurückgekommen ist.

Mit der Beendigung der Musik kam über alles eine vollkommene Stille; das Licht der einzelnen Kerze reichte kaum in die dunkleren Ecken des Raums, fiel aber direkt auf den Korbstuhl und zeigte, dass dieser vollkommen leer war. Halb amüsiert, halb verärgert über sich selbst, dass er seine Musik ohne Grund unterbrochen hatte, wandte sich mein Bruder wieder der *Gagliarda* zu. Ein Impuls veranlasste ihn jedoch, auch die Kerzen in den Leuchtern anzuzünden, die ein besseres, der Situation angepasstes Licht warfen.

Die *Gagliarda* und der letzte Satz, ein *Minuetto,* waren vorüber und John schloss das Buch und wollte, da es nun schon recht spät war, zu Bett gehen. Als er die Seiten zuschlug, wurde seine Aufmerksamkeit wieder auf ein Knarren des Korbstuhls gelenkt, und er hörte deutliche Geräusche, so, als würde sich eine Person aus einer Sitzposition erheben. Dieses Mal, weniger überrascht, konnte er sich in angemessenerer Weise den möglichen Ursachen dieser Umstände widmen. Er kam schnell zu dem Schluss, dass es in dem Korbstuhl Reaktionen der Weidenruten auf bestimmte Töne der Violine geben musste, wie man es bei Glasscheiben in Kirchenfenstern beobachten kann, die harmonisch mit bestimmten Tönen der Orgel vibrieren.

Obwohl dieses Argument in sich selbst Sinn machte, war seine Fantasie nur halb überzeugt. Er konnte auch nicht anders, als davon beeindruckt zu sein, dass das zweite Knarren des Stuhls gleichzeitig mit dem Schließen des Buches auftrat. Unbewusst stellte er sich einen seltsamen Besucher vor, der auf die Beendigung der Musik gewartet hatte, um dann fortzugehen.

Jedoch, seine Spekulationen raubten ihm weder den Schlaf, noch störten sie ihn mit irgendwelchen Träumen, und er wachte am nächsten Morgen mit einem klareren Verstand auf, mit weniger Neigung zu fantastischen Vorstellungen.

Wenn diese seltsame Episode des vorangegangenen Abends nicht ganz aus seinem Kopf verschwunden war, erschien sie doch wenigstens durch die akustischen Zusammenhänge erklärt, auf die ich mich vorstehend bezogen habe. Obwohl er Mr. Gaskell im Verlaufe des nächsten Morgens gesehen hatte, sah er es nicht als notwendig an, ihm gegenüber solch unerhebliche Umstände zu erwähnen. Er verabredete sich aber mit ihm zum gemeinsamen Abendessen in seinen eigenen Räumen, um sich anschließend dabei zu vergnügen, einige Stücke italienischer Musik auszuprobieren.

Es war kurz nach neun an diesem Abend, als sie ihr Abendessen beendet hatten. Mr. Gaskell setzte sich ans Klavier und John stimmte seine Violine. Die Nacht kam näher und es hatte heftige Gewitter und Regenfälle am Nachmittag gegeben.

Die feuchte Luft war schwer und dampfend, und über diese hinweg hämmerten die üblichen 101 Schläge, die jede Nacht während der aktiven Semester erklangen, als Zeichen, dass die Collegetore demnächst schließen.

Die beiden jungen Männer vergnügten sich für eine Weile und spielten zuerst eine Suite von Cesti und dann zwei frühe Sonaten von Buononcini. Beide waren ausreichend erfahrende Musiker, denen das direkte Spielen vom Notenblatt eher ein Vergnügen bereitete, als eine Mühe. Besonders Mr. Gaskell war sehr versiert in der Theorie der Musik und der Wiedergabe des *basso continuo*.

Nach dem Stück von Buononcini, nahm Mr. Gaskell die längliche Buchkopie von Graziani. Beim Durchblättern schlug er vor, dass sie die gleiche Suite spielen sollten, die John selbst am Vorabend wiedergegeben hatte. Seine Auswahl war offensichtlich vollkommen zufällig, da mein Bruder davon Abstand genommen hatte, die Aufmerksamkeit in irgendeiner Weise auf dieses Musikstück zu lenken.

Sie spielten das *Coranto* und die *Sarabanda*. Unter dem einzigartigen Eindruck der Musik hatte John die Episode des vorausgegangenen Abends völlig vergessen, und als es in der kecken Weise der *Gagliarda* weiterging, bemerkte er plötzlich das gleiche, seltsame Knarren des Korbstuhls, das er schon beim ersten Auftreten wahrgenommen hatte.

Das Geräusch war identisch, und es gab so genau das Hinsetzen einer Person wieder, dass er auf den Stuhl starrte und sich dabei fast wunderte, dass er leer zu sein schien.

Außer, dass er seinen Kopf für einen Moment kurz ruckartig herumdrehte, nahm Mr. Gaskell keine Notiz von dem Geräusch, und mein Bruder, der kein törichtes Interesse oder eine Aufregung zu erkennen geben wollte, setzte die *Gagliarda* mit einer Wiederholung fort.

Als sie zu Ende gespielt hatten, hielt Mr. Gaskell vor der Fortsetzung mit dem *Minuetto* inne. Er drehte den Stuhl, auf dem er saß, in Richtung des Zimmers herum und bemerkte: "Wie seltsam, Johnnie" – da diese jungen Männer in einem so vertrauten Verhältnis standen, dass sie sich in dieser Weise ansprechen konnten. "Wie überaus seltsam! Ich dachte, ich hätte jemanden gehört, der sich in den Stuhl gesetzt hat, als wir mit der *Gagliarda* begonnen haben. Ich habe mich in der Erwartung herumgedreht, um zu sehen, dass jemand hereingekommen ist. Hast du nichts gehört?"

"Es war nur der Stuhl, der geknarrt hat", antwortete mein Bruder und spielte dabei eine Gleichgültigkeit vor, die er selbst kaum gefühlt hatte. "Bestimmte Teile des Korbgeflechts scheinen mit Musiknoten übereinzustimmen und reagieren auf sie; lass uns mit dem *Minuetto* fortfahren."

Daraufhin beendeten sie die Suite. Mr. Gaskell wollte, dass sie die *Gagliarda* wiederholten, in einer Weise, die ihm sehr gefiel. Als die Uhr bereits elf geschlagen hatte, beschlossen sie, in dieser Nacht nicht weiter zu spielen. Mr. Gaskell erhob sich, blies die Leuchter aus, schloss das Klavier und legte die Musik zur Seite.

Mein Bruder hat mir oft versichert, dass er gut auf das vorbereitet war, was kommen sollte und es auch fast erwartet hatte, denn als die Bücher zur Seite gelegt wurden, bekam man wieder das Knarren des Korbstuhls zu hören, genauso wie er es vernommen hatte, als er in der vergangenen Nacht aufgehört hatte zu spielen.

Es gab einen Moment der Stille; die beiden jungen Männer schauten sich unwillkürlich an, und dann sagte Mr. Gaskell: "Ich kann dieses Knarren des Stuhls nicht verstehen. Er hat das niemals zuvor gemacht, bei jeglicher Musik, die ich gespielt hatte. Ich bin vielleicht fantasievoll und aufgeregt durch die wunderbare Musik, die wir heute Nacht gehört haben, aber ich habe einen Eindruck, dem ich mich nicht erwehren kann, dass irgendetwas hier gesessen und uns die ganze Zeit zugehört hat und nun, als das Konzert beendet war, aufgestanden und gegangen ist." Es gab da den Anschein von Spöttelei in seinen Worten, aber sein Tonfall war nicht so locker, wie er gewöhnlich wäre, und er fühlte sich augenscheinlich unwohl.

"Lass uns die *Gagliarda* noch einmal versuchen", sagte mein Bruder, "es sind die Schwingungen der Eröffnungsnoten, welche das Korbgeflecht beeinflusst, und wir werden sehen, ob sich das Geräusch wiederholt."

Mr. Gaskell entschuldigte sich vom Versuch des Experiments, und nach einem halbherzigen Gespräch, von dem es offensichtlich schien, dass diesem keiner von beiden ernsthafte Aufmerksamkeit schenkte, ging er fort und kehrte zum New College zurück.

KAPITEL II

Ich will Dich nicht weiter damit aufhalten, mein lieber Edward, dir von weiteren Erfahrungen zu berichten, die sich bei fast jeder Gelegenheit ereigneten, bei der sich die jungen Männer an den Abenden trafen, um Musik zu machen. Die Wiederholung dieses Phänomens hatte sie an dessen Erscheinen gewöhnt. Beide gaben vor, dass sie halbwegs damit zufrieden waren, dass es den akustischen Anziehungen von Vibrationen, zwischen dem Korbstuhl und bestimmten Saiten des Klaviers, zuzuordnen war, und dies schien in der Tat die einzig mögliche Erklärung zu sein. Aber gleichzeitig war die Ähnlichkeit der Geräusche mit dem Hinsetzen einer Person so markant gewesen, dass selbst deren fortwährende Wiederkehr niemals ihre seltsame Wirkung auf sie verfehlte.

Sie scheuten sich, diese Sache gegenüber ihren Freunden zu erwähnen, teilweise aus Furcht, selbst dafür verlacht zu werden, und teilweise einen Umstand vor der Verspottung zu bewahren, bei dem sie beide nicht anders konnten, als diesem eine gewisse Wichtigkeit beizumessen. Die Erfahrung zeigte ihnen bald, dass das erste Geräusch, wie von jemandem, der sich hinsetzt, nicht auftrat, bevor die *Gagliarda* von der *Areopagita* gespielt wurde, und dass diesem gehörten Geräusch das zweite nur dann folgte, wenn sie am jeweiligen Abend aufgehört hatten, zu spielen.

Sie trafen sich jede Nacht, saßen an den sich verlängernden Sommerabenden länger zusammen, und jede Nacht, wie bei einer stillschweigenden Übereinkunft, spielten sie die *Areopagita*-Suite, bevor sie sich trennten. Bei den ersten Taktabschnitten der *Gagliarda* trat das knarrende Geräusch auf, spontan und mit der höchstmöglichen Regelmäßigkeit. Sie sprachen selten miteinander über diese Sache, aber eines Nachts, als John, nach einem langen Musikabend seine Violine weglegte, ohne die *Areopagita* gespielt zu haben, setzte sich Mr. Gaskell, der vom Klavier aufgestanden war, wieder hin, wie durch etwas angetrieben, und sagte:

"Johnnie, leg deine Violine noch nicht weg. Es ist bereits kurz vor Mitternacht und ich werde bald ausgesperrt sein, aber ich kann diese Nacht nicht aufhören, ohne die *Gagliarda* gespielt zu haben. Nimm einmal an, alle unsere Theorien über Vibrationen und gegenseitige Verbundenheit sind falsch; nimm einmal an, es kommt hier jede Nacht ein seltsamer Besucher, um uns zuzuhören, eine arme Kreatur, dessen Herz an diese Melodie gebunden ist. Wäre es dann nicht herzlos von uns, ihn wegzuschicken, ohne dieses Stück zu hören, an dem er den größten Gefallen findet. Lass uns nicht unhöflich sein und seine Laune achten; lass uns die *Gagliarda* spielen."

Sie spielten sie mit mehr Ausdruckskraft und Präzision als gewöhnlich, und das nunmehr schon vertraute Geräusch, wie, wenn jemand Platz nimmt, trat erneut auf.

Es war in dieser Nacht, als mein Bruder, der fest auf den Stuhl starrte, dort eine leichte Verdunkelung sah – oder meinte, dass er sie sah. Einen Halbschatten, Nebel, oder feinen Dunst.

Als er hinstarrte, schien dieser damit zu kämpfen, eine menschliche Form anzunehmen. Er hörte für einen Moment auf zu spielen und rieb sich die Augen. Aber, als er dies tat, verschwand alle Düsterkeit und er sah, dass der Stuhl vollkommen leer war. Der Pianist hörte bei der Beendigung des Violinspiels ebenfalls auf und fragte, was ihn plagen würde.

"Es ist nur so, dass meine Augen getrübt waren", antwortete er.

"Wir haben genug für heute Nacht", sagte Mr. Gaskell, "lass uns aufhören. Ich werde ausgesperrt werden." Er klappte das Klavier zu, und als er dies tat, schlug die Turmuhr vom New College zwölf. Er rannte aus dem Zimmer, war aber spät genug am Tor des Colleges, um gemeldet zu werden. Er wurde mit einer Strafe gemäß dieser späten Stunde ermahnt und für eine Woche dazu verdammt, im College zu bleiben. Bis nach Mitternacht draußen zu bleiben war, zumindest zu dieser Zeit, ein ernstes Vergehen.

Aus diesem Grund waren die musikalischen Übungen zwangsweise unterbrochen, wurden aber wieder am ersten Abend aufgenommen, als Mr. Gaskells Zeit der Einschränkung vorbei war. Nachdem sie einige Suiten von Graziani dargeboten hatten, und wie üblich mit der *Areopagita* endeten, saß Mr. Gaskell für einige Zeit still an dem Instrument, so als wäre er in eigenen Gedanken versunken, und sagte dann:

"Ich kann nicht beschreiben, wie mich diese altmodische Musik berührt. Einige würden versuchen, uns zu überzeugen, dass diese Suiten, deren Melodien die Namen verschiedener Tänze haben, immer als musikalische Abhandlungen geschrieben wurden, zum Zwecke deren Aufführung, und nicht für Leute, die dazu tanzen, wie es die Namen verständlicherweise vermuten lassen. Ich denke, diese Kritiker liegen falsch, zumindest in einigen Fällen."

"Es ist unmöglich für mich zu glauben, dass eine solche Melodie, wie zum Beispiel die *Giga* von Corelli, die wir gespielt haben, nicht für den eigentlichen Zweck des Tanzes geschrieben worden war."

"Man kann dabei fast den Klang der Füße auf dem Boden hören. Ich denke, dass in der Zeit von Corelli, die Ausübung des Tanzes, obwohl kein bisschen unterlegen in seiner Grazie, mehr einen stampfenden und klopfenden Charakter hatte, als es heutzutage bei einem korrekten Auftritt im Ballsaal geschätzt würde."

"Auch die *Gagliarda*, die wir nun so unentwegt spielen, besitzt die einzigartige Kraft, die Fantasie zu unterstützen, um sich solcherlei Szenen vorzustellen oder zu reproduzieren, die sie, ohne Zweifel, einst mit Leben erweckt hatte."

"Ich weiß nicht warum, aber sie verbindet sich fortwährend in meinem Kopf mit einer Ausgelassenheit, die ich vielleicht in einem Bild gesehen habe, wo mehrere Paare in ausschweifender Weise tanzten."

"Es war in einem langen Saal, der von silbernen Wandleuchten erhellt wurde, wie sie am Ende des siebzehnten Jahrhunderts weit verbreitet waren."

"Es ist wahrscheinlich eine Erinnerung an meinen letzten Ausflug, dass ich diesen Tänzern in meiner Vorstellung eine olivenfarbene Haut gebe, dunkles Haar und die strahlenden Augen des italienischen Typs."

"Sie tragen Kleider von außerordentlich üppigen Stoffen und aufwendigem Schnitt. Die Vorstellung ist launig genug, mir die Art des Raums selbst zu zeichnen, als hätte er auf einer Seite eine Reihe von Galerien, im Stil der fantastischen und heidnischen Nachgotik."

"Am Ende befindet sich eine Galerie oder Balkon für die Musiker, der an seiner gewölbten Front ein überladenes Wappen fremder Herkunft hat. Das Schild zeigt an einer Stelle den Kopf eines Puttos, der auf drei Lilien pustet – ein Wappen, das ich ohne Zweifel irgendwo auf meinen Reisen gesehen habe; ich kann mich nur nicht erinnern, wo."

"Diese Szene, sage ich, ist in meinem Kopf so eng mit der *Gagliarda* verknüpft, dass sie mit einer Lebhaftigkeit vor meinen Augen erscheint, die sich jeden Tag verstärkt, kaum dass ich die ersten Töne höre."

"Die Paare bewegen sich vorwärts, bleiben stehen, machen freie und zügellose Gesten, für die sich meine Vorstellung schämen sollte, sich an sie zu erinnern."

"Zwischen so vielen fremden Leuten und ausgefallenen Bildern – ich weiß nicht im Geringsten warum – gibt es einen jungen Mann, mit typisch englischem Aussehen und Gesicht, dessen Eigenschaften sich jedoch stets meinem Verstand entziehen, wenn dieser versucht sie festzuhalten."

"Ich glaube, dass das Eröffnungsthema dieser *Gagliarda* dem Rest dieser Komposition überlegen ist, da es nur während der ersten sechzehn Taktabschnitte passiert, dass sich mir die Vorstellung einer längst vergangenen Ausschweifung präsentiert."

"Mit der letzten Note des sechzehnten Takts wird plötzlich ein Schleier über die Szene gezogen und mit einem Gefühl, fast wie bei einem Unglück, verschwindet sie. Das schreibe ich der Tatsache zu, dass das zweite Motiv, in seiner Konzeption, dem ersten unterlegen sein muss. In der Art einer Unstimmigkeit zerstört es die Struktur, welche die Faszination des vorangegangenen Motivs aufgebaut hat."

Mein Bruder, der glaubte allem mit Interesse zugehört zu haben, was Mr. Gaskell sagte, antwortete aber nicht, und das Thema wurde fallengelassen.

KAPITEL III

Es war im gleichen Sommer des Jahres 1842, fast in der Mitte des Monats Juni, dass mir mein Bruder schrieb und mich einlud, nach Oxford zu kommen, für die Festivitäten anlässlich der Gedenkveranstaltungen. Ich hatte einige Wochen mit Mrs. Temple verbracht, einer entfernten Cousine von uns, in deren Haus in Royston in Derbyshire. John war begierig darauf, dass Mrs. Temple auch nach Oxford kommen und ihre Tochter Constance und mich auf den Bällen und verschiedenen anderen Vergnügungen begleiten sollte, die am Ende des Sommersemesters stattfanden.

Da Royston fast zweihundert Meilen von Worth Maltravers entfernt ist, hatten sich bis dahin unsere Familien wenig gesehen, aber während meines letzten Besuchs, habe ich Mrs. Temple lieben gelernt; eine Lady von einzigartiger Liebenswürdigkeit und Sinnesart, und es entstand auch eine hingebungsvolle Verbindung zu ihrer Tochter Constance.

Constance Temple war zu dieser Zeit achtzehn Jahre alt. Neben ihrer besonderen Schönheit vereinten sich geistige Anmut und hervorragende Charaktereigenschaften, die vernünftig urteilenden Personen auf Dauer wertvoller erscheinen sollten, als selbst die besten persönlichen Reize.

Sie war belesen und gewitzt und wurde gemäß den Grundsätzen wahrer Religion ausgebildet, denen sie später, mit hingebungsvoller Selbstaufopferung und entsagender Frömmigkeit, in ihrem zu kurzen Leben folgte.

Ich möchte dich leibhaftig darauf hinweisen, lieber Edward, da der Tod sie genommen hat, bevor Du alt genug warst, ihre Erscheinung und Qualitäten zu verstehen und dass sie groß war, mit einem etwas länglichen, ovalen Gesicht, braunem Haar und braunen Augen.

Mrs. Temple akzeptierte bereitwillig die Einladung von Sir John Maltravers. Sie hatte Oxford zuvor nie selbst gesehen und war erfreut, uns das Vergnügen einer solch wundervollen Reise zu ermöglichen.

John hatte sich um bequeme Zimmer für uns gekümmert, oberhalb eines bekannten Geschäfts für grafische Drucke in der High Street, und wir kamen am Freitagabend, den 17. Juni 1842, in Oxford an.

Ich will mich dir gegenüber nicht lange mit den verschiedenen Gedenkfestivitäten aufhalten, die sich sicher seit diesen Tagen verändert haben und mit denen Du jetzt vertraut bist. Es genügt zu erwähnen, dass uns dein Bruder Einlass zu jeder Unterhaltung verschafft hat, und wir genossen unseren Besuch, wie es nur die Jugend mit ihren begierigen Empfindungen und ungetrübten Freuden kann.

Ich konnte es nicht vermeiden zu beobachten, dass John sehr stark von den Reizen von Miss Constance Temple angezogen wurde, und dass sie, für ihren Teil, ohne eine unangemessene Keckheit zu zeigen, keinerlei Abneigung ihm gegenüber zeigte.

Ich war sehr zufrieden, sowohl mit meiner Fähigkeit, eine solche wichtige Tatsache zu erkennen, als auch mit den Umständen selbst.

Für ein Mädchen von neunzehn Jahren, erschien es höchste Zeit zu sein, dass ihr Bruder von zweiundzwanzig Jahren, sich zumindest auf ein Hochzeitsvorhaben vorbereitet haben sollte. Außerdem war meine Freundin so gut und schön, dass es unmöglich schien, dass ich jemals eine lieblichere Schwägerin und mein Bruder eine bessere Frau finden könnte.

Mrs. Temple konnte ihre Einwilligung zu solch einem Plan nicht verweigern. Während ihre geistigen Qualitäten in hohem Maße übereinzustimmen schienen, war John sein eigener Herr über das Anwesen von Worth Maltravers und ihre Tochter Alleinerbin des Anwesens in Royston.

Die Gedenkfeierlichkeiten gingen Mittwochnacht zu Ende, mit einem großen Ball im Musiksaal in Holywell Street. Er wurde von einer Freimaurerloge der Universität veranstaltet, und John war dort, zusammen mit Mr. Gaskell – dessen Bekanntschaft wir mit großem Vergnügen gemacht hatten.

Beide trugen blaue Seidenschals und kleine, weiße Schürzen. Sie stellten uns vielen anderen Freunden vor, die in gleicher Weise dekoriert waren. Diese wichtigen und mysteriösen Insignien standen in keiner Weise in Kontrast zu ihren jugendlichen Gestalten und bubenhaften Gesichtern.

Nach einem langen und vergnüglichen Programm wurde beschlossen, dass wir unseren Aufenthalt bis zum nächsten Abend verlängern sollten, um dann Oxford um halb zehn abends zu verlassen und nach Didcot zu fahren. Dort würden wir dann die Postkutsche Richtung Westen nehmen.

Wir standen spät am nächsten Morgen auf und verbrachten den Tag damit, zwischen den alten Colleges und Gärten der schönsten englischen Stadt umherzustreifen. Um sieben Uhr aßen wir zum letzten Mal zusammen in unseren Unterkünften in der High Street, und mein Bruder schlug vor, dass wir den wunderbaren Abend in den Gärten vom St. John's College verbringen sollten.

Dem wurde sofort zugestimmt, und wir machten uns auf den Weg dorthin. John ging vorneweg mit Constance und Mrs. Temple, und ich folgte mit Mr. Gaskell. Mein Begleiter erklärte mir, dass diese Gärten als die schönsten der ganzen Universität geschätzt wurden, und dass es Fremden, unter normalen Umständen, nicht erlaubt war, hier abends herumzulaufen.

An dieser Stelle zitierte er etwas in Latein 'aurum per medios ire satellites', wozu ich lächelte und so tat, als würde ich es verstehen, jedoch soviel entnehmen konnte, dass John den Wächter bestochen hatte, damit er uns hereinlässt.

Es war eine warme und ruhige Nacht, ohne Mond, aber mit genug Dämmerlicht, um uns die Umrisse des Gartens zu zeigen. Diese lange Reihe von Gebäuden, die in der

Regierungszeit von Charles I. gebaut wurden, sahen so außergewöhnlich schön aus, dass ich das nie vergessen werde, obwohl ich seither deren Erkerfenster und die mit Kletterpflanzen bedeckten Wände nicht mehr gesehen habe.

Es lag ein starker Tau auf dem weiten Rasen, und zu Beginn liefen wir nur auf den Wegen. Keiner sprach ein Wort, da wir von der wunderbaren Szenerie erdrückt wurden, aber auch von der sich dazu gesellenden Traurigkeit, sich bald von Freunden und so einem lieblichen Platz trennen zu müssen.

John war den ganzen Tag über still und niedergeschlagen gewesen, aber auch Mr. Gaskell selbst schien nicht in der Stimmung für eine Unterhaltung zu sein. Constance und mein Bruder blieben ein Stück zurück, und Mr. Gaskell bat mich den Rasen zu überqueren, wenn ich keine Angst vor dem Tau hätte, damit ich die Vorderseite des Gartens besser von der Ecke aus sehen könnte.

Mrs. Temple wartete auf uns auf dem Weg, da sie sich die Füße nicht nass machen wollte. Mr. Gaskell verwies auf die Schönheit dieses Ausblicks an diesem vorteilhaften Platz und wir hatten das Glück, den süßen Klang der hohen Singstimme der Nachtigall zu hören, für die dieser Garten seit langer Zeit berühmt war. Als wir so still dastanden und lauschten, wurde eine Kerze in einem kleinen Erker am anderen Ende angezündet, und das Licht, welches die Formen des Fensters wiedergab, fügte sich in die malerische Szene ein.

Kaum eine Stunde später, waren wir in einer Kutsche und fuhren durch die noch immer warmen Straßen nach Didcot. Ich hatte gesehen, dass Constanzes Abschied von meinem Bruder zärtlich war, und ich bin mir nicht sicher, dass sie keine Tränen in den Augen hatte, zumindest für einen Teil unserer Fahrt. Ich habe sie mir aber nicht näher angesehen, da ich meine Gedanken woanders hatte.

Wir entfernten uns mit jedem Augenblick von der schlafenden Stadt, von der ich glaube, dass dort unsere beiden Herzen geblieben waren.

Ich fühle, dass ich ein persönlicher Zeuge der Ereignisse bin, die ich nun schildern werde, weil ich sie so oft aus dem Mund meines Bruders hörte.

Die beiden jungen Männer kehrten zu ihren jeweiligen Colleges zurück, nachdem sie sich von uns in der High Street getrennt hatten. John hatte sein Zimmer kurz vor elf Uhr erreicht. Er war traurig und glücklich zugleich – traurig wegen unserer Abreise, aber glücklich in einer neu entdeckten Welt der Freude, die ihm seine Bewunderung für Constance Temple eröffnet hatte. Er war, in der Tat, von ganzem Herzen in sie verliebt, und die ganze Flut einer bis dahin nicht gekannten Leidenschaft, erfüllte ihn mit einem Gefühl, das so überwältigend war, dass es sein normales Leben völlig umkrempelte.

Wie es aussah, bewegte er sich in einer Sphäre, die unserer normalen Umgebung überlegen war, und neue Regionen höchster Entschlossenheit und erhabener Möglichkeiten, breiteten sich vor seinen Augen aus.

Er schlug seine schwere Außentür zu (die 'Eiche' genannt wird), um zu verhindern, dass jemand eintreten würde, und schwang sich auf den Fenstersitz. Hier verweilte er eine ganze Zeit, den Flügelrahmen aufgestoßen und mit seinem Kopf nach draußen gelehnt, denn er fühlte sich aufgeregt und fiebrig.

Sein mentales Hochgefühl war so gewaltig und seine Gedanken entzogen ihm jegliche Aufmerksamkeit, dass er keine Notiz von der Zeit nahm.

Er erinnerte sich später lediglich daran, dass der Geruch eines Fliederbusches, von einem kleinen Fleckchen Garten auf der anderen Seite, zu ihm herüberkam und dass eine Fledermaus langsam den Weg entlang auf und ab flog, bis er hörte, dass die Uhr drei schlug.

Gleichzeitig, fast nicht wahrnehmbar, kam das schwache Licht der Morgendämmerung.

Die klassischen Statuen auf dem Dach der Schule begannen sich gegen den weißen Himmel abzuzeichnen, und ein schwacher Schimmer drang in den abgedunkelten Raum ein. Er glänzte auf den lackierten Deckel seines Violinenkastens, der auf dem Tisch lag, und auf einem Krug, gefüllt mit Wasser und einem Stück Toastbrot als Geschmacksgeber darin, den sein Diener im College oder einer der Angestellten für ihn hinstellte, jede Nacht, bevor er wegging.

Er trank ein Glas dieser Mischung und bewegte sich gerade in Richtung seiner Schlafzimmertür, als ihn ein plötzlicher Einfall traf. Er dreht sich um, nahm die Violine aus dem Kasten, stimmt sie, und begann die *Areopagita*-Suite zu spielen.

Er war sich der mentalen Klarheit und Kraft bewusst, die oft mit der Morgendämmerung denjenigen erscheinen, die wach geblieben sind oder die Nacht durchgelesen haben.

Seine Gedanken wurden erhaben, durch die Wirkung, die das erste Bewusstwerden einer tiefen Leidenschaft in einem fantasievollen Verstand auslöst. Er hatte die Suite niemals zuvor mit so viel Kraft gespielt, und die Melodie, sogar ohne den Klavierpart, erschien von einer bisher nicht gekannten Bedeutung ausgefüllt zu sein.

Als er mit der *Gagliarda* begann, hörte er das Knacken des Korbstuhls. Er hatte ihm aber den Rücken zugedreht und war mittlerweile so an das Geräusch gewöhnt, dass es ihn nicht mehr veranlasste, auch nur hinzusehen. Erst als er die Wiederholung spielte, überkam ihn eine neue und überwältigende Empfindung.

Zuerst war es das von uns allen selbst so oft gespürte, undeutliche Gefühl, dass wir nicht alleine sind. Er hörte nicht auf zu spielen, und nach ein paar Sekunden war der Eindruck, dass es da, neben ihm, noch jemanden im Raum gab, so stark, dass er sich in der Tat davor fürchtete, sich umzudrehen. Aber im nächsten Moment fühlte er, dass er unbeachtet aller Risiken sehen musste, was oder wer diese Anwesenheit war.

Ohne mit dem Spiel aufzuhören, drehte er sich ein Stück herum und schaute ein wenig über seine Schulter. Das silberne Licht des frühen Morgens füllte den Raum und ließ die verschiedenen Gegenstände in weniger hellen Farben erscheinen, als gewöhnlich, und gab allem eine perlgraue, neutrale Färbung. In diesem kalten, aber klaren Licht sah er die Gestalt eines Mannes, der im Korbstuhl saß.

Im ersten, heftigen Schockzustand, aufgrund einer so furchterregenden Entdeckung, konnte er keine Einzelheiten wie Merkmale, Kleidung oder Gestalt wahrnehmen. Er war sich lediglich bewusst, dass mit ihm zusammen, in einem verschlossenen Raum, von dem er wusste, dass er der einzige menschliche Bewohner darin war, etwas saß, dass eine menschliche Erscheinungsform hatte. Er schaute dieses 'Etwas' an, in der Hoffnung, die er jedoch als vergeblich empfand, dass es verschwinden und sich als Phantom seiner angespannten Einbildung erweisen würde, aber es saß noch immer da.

Dann legte mein Bruder seine Violine zur Seite. Er hatte mir stets versichert, dass er von einem Grauen überwältigt wurde, das er vorher für unmöglich gehalten hatte. Ob das Bild, das er sah, subjektiv oder objektiv war, vermag ich nicht zu sagen: Du wirst in der Lage sein, dies selbst zu beurteilen, wenn Du am Ende dieses Berichts bist.

Unsere beschränkten Erfahrungen würden uns dazu verleiten, zu glauben, dass es ein Phantom war, heraufbeschwört durch einen ungewöhnlichen Zustand seines Gehirns; aber wir geben gerne zu, dass es in der

Natur Phänomene gibt, die den menschlichen Verstand verwirren. Und es ist möglich, aufgrund verborgener Gründe der Vorsehung, dass es denjenigen, die aus diesem Leben gegangen sind, gelegentlich gestattet wird, für eine bestimmte Zeit wieder ihre irdische Gestalt anzunehmen.

Ich muss sagen, dass wir uns damit zufriedengeben müssen, unsere Beurteilung in einer solchen Sache zu vertagen. In diesem Fall aber wird der weitere Fortgang der Ereignisse schwer zu erklären sein, ausgenommen die Annahme, dass mein Bruder den tatsächlichen Anblick einer körperlichen Erscheinung einer längst verstorbenen Person zu Gesicht bekam.

Das Grauen, das von ihm Besitz ergriffen hatte, basierte auf zwei hauptsächlichen Gründen, wie er mir mehr als einmal erklärt hatte, als er seine Gefühle, viel später danach, erforschte.

Als Erstes fühlte er diese mentale Veränderung, die mit der plötzlichen Zerstörung vorgefasster Theorien einhergeht, mit dem plötzlichen Wandel einer alten Gewohnheit oder gar mit dem Auftreten irgendwelcher Umstände, die jenseits unserer täglichen Routine liegen.

Ich habe selbst die beunruhigende Wirkung beobachtet, die ein plötzlicher Tod oder ein schlimmer Unfall auslöst, sowie – in letzter Zeit – die Kriegserklärung, die alle getroffen hat, ausgenommen die lethargischsten und willensstärksten Köpfe.

Zweitens machte er die Erfahrung einer tiefgehenden Selbsterniedrigung oder einer mentalen Vernichtung, die durch intensive Vorstellung eines Wesens von überlegener Ordnung ausgelöst wurde. Bei der Anwesenheit einer Existenz, die tatsächliche eine menschliche Gestalt hat, aber mit Eigenschaften, sehr verschieden von den eigenen und diesen überlegen, fühlte er Ehrfurcht und Abscheu zugleich, wie es selbst die wildesten Tiere zur Schau stellen, wenn sie zum ersten Mal mit Menschen konfrontiert werden. Der Schock war so groß, dass ich mir sicher bin, er hat eine Wirkung auf ihn ausgeübt, von der er sich nie wieder ganz erholt hat.

Nach einem Moment, der ihm unendlich erschien, obwohl er nur einige Sekunden gedauert hat, richtete er seine Augen wieder auf den Insassen im Stuhl. Seine mentalen Fähigkeiten hatten sich soweit vom ersten Schock erholt, um zu erkennen, dass es die Gestalt eines Mannes war, vielleicht fünfunddreißig Jahre alt und immer noch jugendlich in seiner Erscheinung. Das Gesicht war lang und oval, das Haar braun und hinter einer besonders hohen Stirn nach oben gekämmt. Seine Gesichtsfarbe war sehr bleich und blutarm. Er war sauber rasiert, und sein scharf geschnittener Mund, mit zusammengepressten Lippen, zeigte etwas von einem höhnischen Grinsen.

Sein allgemeines Erscheinungsbild war unangenehm, und von Anfang an fühlte mein Bruder instinktiv, dass es da einen bösartigen und hinterhältigen Einfluss gab. Seine Augen waren nicht zu sehen, da er sie nach unten gerichtet hatte. Dabei stütze er seinen Kopf auf die Hand, so wie jemand, der zuhört. Sei Gesicht, und sogar seine Kleidung, hatten sich so lebhaft in Johns Gedächtnis eingeprägt, dass er niemals Schwierigkeiten hatte, sie sich wieder vorzustellen; und er, wie auch ich, hatten später die Gelegenheit, dieses in beeindruckender Weise nachzuprüfen.

Gekleidet war er mit einem langen Gehrock aus grünem Stoff mit Goldstickereien an den Ecken; dazu eine weiße, mit Rosenzweigen verzierten Weste, ein Halstuch mit reicher Spitze, Kniehosen aus gelbbrauner Seide und Strümpfe aus dem gleichen Material. Seine Schuhe waren aus schwarzem, poliertem Leder mit schweren, silbernen Schnallen, und seine ganze Kleidung erinnerte daran, was man ein Jahrhundert zuvor getragen hatte.

Als mein Bruder ihn so anstarrte, stand er auf und stützte dabei seine Arme auf die Lehnen des Stuhls, um sich hochzuhelfen, was das Knarren verursachte, das er so oft zuvor gehört hatte. Seine Hände erregten große Aufmerksamkeit bei meinem Bruder. Sie waren sehr weiß, mit den langen und zarten Fingern eines Musikers. Er war von beachtlicher Größe, und, die Augen immer noch auf den Boden gerichtet, schritt er in einem normalen Gang in Richtung des Endes des Bücherregals, auf der Seite des Raums, der am weitesten vom Fenster entfernt war.

Er erreichte das Regal, und John verlor ihn aus den Augen. Die Gestalt verblasste nicht allmählich, sondern verschwand, als wäre sie die Flamme einer gerade gelöschten Kerze.

Der Raum war nun mit dem hellen Licht des Sommermorgens erfüllt: Die ganze Erscheinung hatte nur ein paar Sekunden gedauert, aber mein Bruder wusste, dass es da keine Möglichkeit gab, dass er sich geirrt haben könnte – dass das Rätsel des knarrenden Stuhls gelöst war und dass er den Mann gesehen hatte, der seit einem Monat Abend für Abend gekommen war, um den Takten der *Gagliarda* zu lauschen.

Völlig verstört saß er für eine Weile da, halb fürchtend und halb erwartend, dass die Gestalt zurückkommen würde.

Er sah nichts, traute sich aber auch nicht sein Wiedererscheinen herauszufordern, indem er die *Gagliarda* erneut spielen würde, die so eine sonderbare Anziehung auf ihn auszuüben schien.

Schließlich, im hellen Sonnenlicht eines späten Junimorgens in Oxford, hörte er die Schritte von frühen Fußgängern auf dem Pflaster unterhalb seines Fensters, den Ruf des Milchmanns und andere Klänge, die zeigten, dass die Welt wach war.

Es war nach sechs Uhr, und als er in sein Schlafzimmer ging, warf er sich auf die Seite des Betts, für eine Stunde Schlaf, der aber nicht ungestört war.

KAPITEL IV

Als sein Diener ihn um acht Uhr besuchte, gab er ihm eine Nachricht an Mr. Gaskell im New College, worin er ihn bat, nach Magden Hall zu kommen, so schnell es ihm im Verlaufe des Morgens möglich wäre.

Seiner Aufforderung wurde sofort nachgekommen, und Mr. Gaskell war bei ihm, noch bevor er sein Frühstück beendet hatte. Mein Bruder war immer noch sehr aufgeregt, und er erzählte ihm sofort, was sich in der Nacht zuvor ereignet hatte, wobei er die verschiedenen Sachverhalte präzise schilderte. Er verbarg auch nicht die Gefühle, die er gegenüber Miss Constance Temple hegte.

Bei der Schilderung der Erscheinung, die er in dem Stuhl gesehen hatte, war seine Aufregung noch so groß, dass er Schwierigkeiten hatte, seine Stimme zu kontrollieren.

Mr. Gaskell hörte ihm mit großer Aufmerksamkeit zu und gab nicht sofort eine Antwort, als John seine Schilderung beendete. Schließlich sagte er, "ich denke, dass viele unserer Freunde es sicherlich als unmöglich betrachten würden, was du mir gerade erzählt hast."

"Auch wenn sie es nicht wirklich fühlen, würden sie als vernünftiger betrachten, den Versuch zu unternehmen, deine Sorgen zu zerstreuen und dich zu überzeugen, dass das, was du gesehen hast, nicht real, sondern nur eine Sinnestäuschung einer aufgeregten Fantasie war. Sie werden denken, wenn du nicht verliebt wärst und nicht die ganze Nacht wach gesessen und damit deine körperlichen

Kräfte überstrapaziert hättest, wäre dir eine solche Erscheinung nicht gekommen."

"Ich will mich dem nicht anschließen, denn ich bin davon überzeugt, genauso wie von der Tatsache, dass wir hier sitzen, dass jemand zugehört hat, an all diesen Nächten, in denen wir die Suite *Areopagita* gespielt haben und dass du schließlich glücklich oder unglücklich genug warst, ihn zu sehen."

"Sag nicht glücklich", entgegnete mein Bruder, "denn ich fühle mich so, als sollte ich mich niemals mehr von dem Schock letzte Nacht erholen."

"Das ist sehr wahrscheinlich", antwortete Mr. Gaskell gelassen. "In der Geschichte der Menschheit oder des Individuums haben eine fortschreitende Kultur und feinere mentale Empfindungen, den groben Mut und die Durchhaltekräfte zunichtegemacht, die wir bei Wilden beobachten können. Deshalb müssen alle übernatürlichen Visionen auf Kosten der körperlichen Reaktionen gehen."

"Vom ersten Abend an, wo wir diese Musik gespielt und die Geräusche gehört hatten, die so deutlich das Hinsetzen und Aufrichten einer Person wiedergaben, war ich davon überzeugt, dass Kräfte am Werk waren, anders als die, welche wir gewöhnlich als natürlich bezeichnen, und dass wir sehr nahe an der Erscheinung eines außergewöhnlichen Phänomens waren."

"Ich verstehe nicht ganz, was du damit sagen willst", sagte mein Bruder.

"Ich meine damit", fuhr er fort, "dass dieser Mann oder der Geist von einem Mann, hier Nacht für Nacht gesessen hat. Wir haben ihn nicht sehen können, weil unser Verstand getrübt und abgestumpft war."

Letzte Nacht haben die erhabenen Kräfte einer starken Leidenschaft, wie du sie mir gestanden hast, in Verbindung mit der Kraft edler Musik, deinen Verstand so erhöht, dass du wirklich mit einem sechsten Sinn ausgestattet wurdest. Der Schlüssel dazu wird, so wie ich es glaube, von der Musik gegeben. Im Augenblick sind wir nur an der Schwelle solchen Wissens über diese Kunst, die wir möglicherweise als humanisierende und bildende Mittel verwenden können. Die Musik wird sich als Leiter zu den höheren Regionen des Denkens erweisen; in der Tat habe ich für mich herausgefunden, dass ich nicht in die höheren Sphären meiner intellektuellen Kräfte kommen kann, es sei denn, ich würde gute Musik hören."

"Alle Poeten und die meisten Prosaschriftsteller werden sagen, dass ihre Gedanken niemals so klar und ihr Sinn für Schönheit und Proportionen niemals so passend sind, als wenn sie von Menschen komponierte Musik hören oder auf einige großartige Töne der Natur, wie etwa das Rauschen eines Ozeans oder das Säuseln des Windes in einem Fellknäuel."

"Obwohl ich mich oftmals bei solchen Gelegenheiten wie am äußeren Rand einer mentalen Entdeckung gefühlt habe und obwohl eine Hand ausgestreckt wurde, als würde sie den Schleier lüften, wurde es mir niemals gewährt, dahinter zu sehen. Dir wurde es aber letzte Nacht in einem Maß zugestanden, dass du es konntest. Du hast wahrscheinlich die Musik mit einem tieferen Gespür als üblich gespielt. Das, in Verbindung mit einer Aufregung, die dir bereits zu schaffen machte, hat dich für einen Moment auf die notwendige Stufe der mentalen Erhöhung gebracht."

"Es ist wahr", sagte John, dass ich niemals zuvor die Melodie so tiefgehend empfand, wie ich sie letzte Nacht gespielt habe."

"Genau so", sagte sein Freund, "und es gibt wahrscheinlich irgendeine Verbindung zwischen dieser Melodie und der Geschichte des Mannes, den du letzte Nacht gesehen hast; eine verhängnisvolle Kraft in ihm, die es möglich macht, ihn noch nach seinem Tod ein Erscheinungsbild zu geben."

"Wir müssen uns daran erinnern, dass der Einfluss der Musik, obwohl immer kraftvoll, nicht immer nur gut ist. Wir können wohl nicht daran zweifeln, dass bestimmte Formen der Musik die Tendenz haben, uns über die Sinnlichkeit eines Tieres zu heben oder die niedere Leidenschaft für materiellen Gewinn und uns in den Äther höherer Gedanken befördern. Andere Formen sind genau darauf ausgerichtet, unsere Gefühle für Luxus zu erwecken und diesen genusssüchtigen Appetit zu schärfen, wie es das Geschäft der Philosophen ist, nicht unbedingt etwas, das wir unterdrücken oder darüber beschämt sein sollten, aber stets unter Kontrolle halten müssen."

"Die Möglichkeiten von Musik, Übles wie auch Gutes zu bewirken, habe ich in einigen wunderschönen Versen von Mr. Keble, die ich kürzlich gelesen habe, wiedergefunden:"

Hör auf Fremder, hör auf mit diesen verhexten Tönen
Wie die Chöre der Sirenen
Dämpfe die verführerische Stimme die umherschwebt
Über die schwingenden Saiten
Die himmlische Kraft der Musik wurde gegeben
Nicht um unsere Erde zu zerstören
Aber um prometheische Strahlen vom Himmel zu holen
Um das Schlechte zu entfernen

"Das sind prächtige Zeilen", sagte mein Bruder, "aber ich kann nicht sehen, wie du deine Begründung auf das jetzige Beispiel anwenden kannst."

"Ich meine damit", antwortete Mr. Gaskell, "dass ich wenig Zweifel daran habe, dass die Melodie der *Gagliarda* in irgendeiner Weise mit dem Leben dieses Mannes, den du letzte Nacht gesehen hast, verbunden sein muss."

"Es wäre auch nicht unwahrscheinlich, dass dies seine Lieblingsmelodie war, als er noch aus Fleisch und Blut bestand, oder dass sie von ihm selbst oder anderen gespielt wurde, in einem Moment irgendeiner Krise in seinem früheren Leben."

"Es ist möglich, dass eine solche Verbindung nur auf einem unschuldigen Genuss beruht, dem ihm diese Melodie in seinem Leben bereitet hat; aber die Art der Musik selbst, und eine besondere Wirkung, die sie auf meinen eigenen Verstand hat, veranlasst mich zu glauben, dass sie mit einem Ereignis verknüpft ist, wo er entweder in große Sünde verfallen ist, oder dass ihn ein böses Schicksal, vielleicht der Tod selbst, ergriffen hat."

"Du wirst dich daran erinnern, dass ich dir erzählt habe, dass diese Melodie in meinen Gedanken eine bestimmte Szene einer italienischen Festivität hervorbringt, in der ein Engländer eine Rolle spielt. Es ist wahr, dass ich mir nie seine genauen Merkmale ins Gedächtnis rufen, noch mit Bestimmtheit sagen kann, wie er gekleidet war. Dennoch sagt mir jetzt mein Verstand, dass es genau der Mann war, den du letzte Nacht gesehen hast."

"Es ist nicht unsere Aufgabe, zu versuchen, das Mysterium zu durchdringen, dass das Geheimnis einer Existenz nach dem Tod vor unseren Augen verbirgt, aber ich kann kaum davon ausgehen, dass ein vollkommen ruhender Geist so intensiv die Kraft einer Melodie spürt, dass er an seinen alten Ort zurückgerufen wird, wie ein Hund von der Trillerpfeife seines Herrn. Es ist eher wahrscheinlich, dass irgendein Übel aus der Vorgeschichte mit der Sache verbunden ist, und wir sollten darüber nachdenken, ob es möglich ist, dies zu ergründen."

Mein Bruder stimmte zu, und Mr. Gaskell fuhr fort: "Als der Mann dich verlassen hat, ist er zur Tür gegangen?"

"Nein, sagte mein Bruder, er ging in Richtung der Seitenwand, und als er das Ende vom Bücherregal erreicht hatte, habe ich ihn aus den Augen verloren."

Mr. Gaskell ging zum Bücherregal und schaute sich für einen Moment die Titel der Bücher an, so, als würde er erwarten, etwas zu finden, das ihm bei seinen Fragen helfen könnte, fand aber offensichtlich keinen Hinweis und sagte dann:

"Das ist das letzte Mal für die nächsten drei Monate oder mehr, wo wir uns treffen; lass uns die *Gagliarda* spielen und sehen, ob es eine Reaktion gibt."

Mein Bruder wollte zuerst nichts davon hören und zeigte ein lebhaftes Entsetzen davor, irgendein Wiedererscheinen dieser Gestalt herauszufordern, die er gesehen hatte. In der Tat fühlte er, dass solch ein Ereignis ihn wahrscheinlich in einen Zustand körperlicher Störungen hineinwerfen würde.

Mr. Gaskell ließ jedoch nicht locker, ihn zu bedrängen, und versicherte ihm, dass die Tatsache, nun nicht länger alleine zu sein, ihm seine Ängste zum größten Teil zerstreuen sollte, verbunden mit dem dringenden Hinweis, dass dies für einige Monate die letzte Gelegenheit sein würde, zusammen zu spielen.

Schließlich hatte sich mein Bruder doch überreden lassen, griff zu seiner Violine und Mr. Gaskell setzte sich ans Klavier. John war sehr aufgeregt, und als er mit der *Gagliarda* begann, zitterten seine Hände so sehr, dass er kaum die Melodie spielen konnte. Auch Mr. Gaskell zeigte einige Nervosität und spielte nicht mit seiner gewohnten Genauigkeit.

Zum ersten Mal versagte der Zauber: Kein Geräusch begleitete die Musik, noch passierte etwas Ungewöhnliches. Sie wiederholten die gesamte Suite, jedoch mit dem gleichen Resultat. Beide waren überrascht, aber keiner von beiden hatte eine Erklärung parat. Mein Bruder, der sich anfangs auf das Heftigste vor einer Wiederholung fürchtete, war nun fast enttäuscht, dass nichts passierte – so schnell kann sich die Stimmung eines Mannes ändern.

Nachdem sie sich noch eine Weile unterhalten hatten, trennten sich die jungen Männer für den langen Urlaub. John kehrte nach Worth Maltravers zurück und Mr. Gaskell ging nach London, wo er einige Tage verbringen wollte, bevor er zu seinem Haus in Westmoreland weiterfuhr.

KAPITEL V

John verbrachte fast die gesamte Zeit dieses Sommerurlaubs in Worth Maltravers. Er wollte unbedingt einen Besuch in Royston machen, aber die fortgesetzte Erkrankung von Mrs. Temples Schwester zwang sie und Constance, nach Schottland zu gehen, wo sie blieben. Erst der Tod ihrer Verwandten im späten Herbst erlaubte es ihnen, nach Derbyshire zurückzukehren.

John und ich wurden von Kindheit an zusammen großgezogen. Als er in Eton war, haben wir immer die Ferien in Worth verbracht, und nach dem Tod meiner lieben Mutter, als wir ziemlich alleingelassen waren, wurde unsere Beziehung natürlich noch enger, sogar als mein Bruder nach Oxford ging, zu einer Zeit, wo die meisten jungen Männer bestrebt sind, ihre neu gewonnene Freiheit zu genießen und zu reisen oder ihre Freunde zu besuchen.

Johns glühende Zuneigung zu mir und zu Worth Maltravers band ihn an sein Zuhause, und er war bei den meisten Gelegenheiten erfreut darüber, dass er mich zum Partner seiner Gedanken und Vergnügen machen konnte.

Dieser lange Urlaub war, so wie ich meine, der glücklichste in unserem Leben. Für meinen Teil weiß ich das, und ich denke, dass es auch für ihn eine glückliche Zeit war. Niemand konnte zu diesem Zeitpunkt ahnen, dass das kleine Wölkchen, das man in der Ferne wie die Hand eines Mannes sah, sich danach vergrößern und alle seine späteren Tage verdunkeln sollte.

Es war ein Sommer von strahlendem und dauerhaftem Sonnenschein; viele der älteren Leute sagten, dass sie sich niemals an eine solch wunderbare Saison erinnern könnten. Auch die Früchte und das Getreide wuchsen gleichermaßen im Überfluss. John mietete eine kleine Kutterjacht an, die *Palestine*, die er in unserem kleinen Hafen von Encombe ankerte, und auf der wir viele Ausflugsfahrten unternommen hatten und dabei Weymouth, Lyme Regis und andere, interessante Plätze an der Südküste besuchten.

In diesem Sommer vertraute mir mein Bruder zwei Geheimnisse an – seine Liebe für Constance Temple, was nach allem eigentlich kein Geheimnis war, und die Geschichte von der Erscheinung, die er gesehen hatte. Die letzte erfüllte mich mit unaussprechlichem Entsetzen und mit großer Sorge. Es erschien grausam und unnatürlich zu sein, dass irgendein so dunkler und mysteriöser Einfluss, in dieser Weise in unser Leben gekommen ist.

Von Anbeginn an hatte ich den Eindruck, den ich niemals ganz abschütteln konnte, dass solch ein Vorkommen oder Erscheinen eines körperlosen Geistes, Unglück in sich bergen musste – wenn nicht sogar Schlimmeres – für denjenigen, der ihn gehört oder gesehen hatte. Es war mir nie in den Sinn gekommen, die Realität dieser Vision anzuzweifeln; er glaubte, dass er ihn gesehen hat, und sein Urteil war Grund genug, mich zu überzeugen.

Er wollte, wie er mir sagte, niemandem davon erzählen und hatte dies auch Mr. Gaskell versprochen. Ich glaube aber, dass er es nicht ertragen konnte, eine solche Sache in seinem Inneren zu bewahren, denn innerhalb einer Woche machte er mich diesbezüglich zu seiner Vertrauten.

Ich erinnere mich, mein lieber Edward, wie es war, in dieser traurigen Nacht, als er mir das erste Mal davon berichtete und was sich danach als schreckliches Geheimnis entpuppte.

Wir hatten ganz alleine gegessen, und er war den ganzen Abend launisch und depressiv gewesen. Es war eine kühle Nacht, und einige Nebelschwaden wurden von der See herübergeblasen. Der Mond hatte dieses stumpfe und verformte Erscheinungsbild, welches er ein oder zwei Tage nach einem Vollmond annimmt, und die Feuchtigkeit in der Luft umgab ihn wie ein stürmisch aussehender Strahlenkranz.

Wir sind aus dem Esszimmer herausgetreten und gingen auf die kleine Terrasse, von der man auf Smedmore und Encombe herabschaut. Die blaugrünen Büsche, die zwischen den Geländerpfosten wuchsen, waren tropfnass von dem salzigen Atem der See, und wir konnten die Wellen hören, die vom Westen in die kleine Bucht kamen. Nachdem ich eine Minute dastand, fröstelte ich und schlug vor, zurück in das Billardzimmer zu gehen, wo das Feuer immer brannte, mit Ausnahme in den wärmsten Nächten.

"Nein", sagte John, "ich will dir etwas sagen, Sophy", und dann gingen wir weiter, bis zu dem alten Boots-Sommerhaus. Hier hat er mir alles erzählt. Ich kann dir meine Gefühle von Angst und Schrecken kaum beschreiben, als er mir von der Erscheinung des Mannes erzählte. Die Bedeutung der Geschichte hat mich so gefesselt, dass ich damals weder an die Zeit, noch an die Kälte der Nacht gedacht hatte, und erst als er mit allem fertig war, fühlte ich, wie vollkommen kalt ich geworden war. "Lass uns reingehen, John", sagte ich, "mir ist kalt und ich fühle mich wie steif gefroren."

Die Jugend aber, ist hoffnungsvoll und stark, und nach einer weiteren Woche, war der Eindruck aus unseren Gedanken gewichen, und wir genossen die ganze Herrlichkeit des Mittsommerwetters, von der ich glaube, dass man sie nur kennt, wenn man selbst die blaue See beobachtet hat, wie sie zu den Füßen der weißen Kalkfelsen von Dorset herangeplätschert kommt.

Ich fühlte eine große Zurückhaltung, gleichzeitig aber auch den Wunsch, die Melodie der *Gagliarda* zu hören, und obwohl er, bei mehr als einer Gelegenheit, über die Sache sprach, hatte mir mein Bruder nicht angeboten, sie für mich zu spielen.

Ich wusste, dass er eine Kopie von Grazianis Suiten bei sich in Worth Maltravers hatte, da er mir bereits sagte, dass er sie von Oxford mitgebracht habe. Das Buch habe ich aber niemals gesehen und ich dachte mir, dass er es absichtlich unter Verschluss hielt. Die Violine hat er aber keineswegs vernachlässigt, und während der Sommermorgen, als ich auf der Terrasse saß und las oder arbeitete, hatte ich ihn oft gehört, wie er für sich allein in der Bibliothek spielte.

Obwohl er mir nie eine Beschreibung der Melodie der *Gagliarda* gegeben hatte, fühlte ich mich dennoch sicher, dass er sie häufig gespielt hat.

Ich weiß nicht, wie es dazu kam, aber vom ersten Moment an, als ich ihn eines Morgens in der Bücherei eine Melodie spielen hörte, in einer seltsam zurückhaltenden Weise, wurde ich stark von ihr angezogen, und ich wusste, das ist die *Gagliarda* von der *Areopagita*. Er benutzte ein 'sordino', einen Saitendämpfer, und spielte sie auch sehr sanft, aber ich erkannte sie trotzdem.

An einem feuchten Nachmittag im Oktober, nur eine Woche vor dem Zeitpunkt, wo er uns wieder verlassen würde, um nach Oxford für das Herbstsemester zurückzukehren, ging er in den Salon, wo ich saß, und er schlug vor, zusammen etwas Musik zu machen.

Ich habe dem bereitwillig zugestimmt. Obwohl ich nur eine mittelmäßige Interpretin bin, hat mir der Gebrauch des Klaviers immer sehr gefallen. Ich betrachtete es als eine Ehre, wenn immer er mich gefragt hatte, mit ihm zu musizieren, da meine musikalischen Fähigkeiten den seinen doch sehr unterlegen waren.

Nachdem wir einige Stücke gespielt hatten, nahm er ein längliches Musikbuch heraus, das sich in einer weißen Hülle befand. Er legt es auf die Ablage am Klavier und schlug vor, dass wir eine Suite von Graziani spielen sollten. Ich wusste, dass er damit die *Areopagita* meint, und bat ihn sofort darum, mich nicht zu fragen, dieses Stück zu spielen.

Er beruhigte etwas meine Befürchtungen und sagte, dass es ihm sehr gefallen würde, es zu spielen, da er den Klavierpart nicht mehr gehört hatte, seit er Oxford vor drei Monaten verlassen hatte. Ich sah, dass er darauf aus war, es zu versuchen. Abgeneigt, einem so gütigen Bruder gegenüber unhöflich zu sein, während der letzten Woche seines Aufenthalts zu Hause, hatte ich schließlich meine Skrupel überwunden und war bereit es zu spielen. Ich war aber dermaßen beunruhigt, wegen der möglichen, schlimmen Folgeerscheinungen, dass ich kaum die Noten treffen konnte, als wir mit der *Gagliarda* begannen.

Es passierte jedoch nichts, was ungewöhnlich gewesen wäre. Dadurch und durch das Gefühl eines unwiderstehlichen Zaubers in dieser Musik ermutigt, beendete ich die Suite mit einer Zurschaustellung von Leichtigkeit. Mein Bruder war aber, so befürchte ich, mit meinem Spiel nicht zufrieden und hat es, sehr wahrscheinlich, mit dem von Mr. Gaskell verglichen, mit dem das meine, zwangsläufig, nicht vergleichbar war, durch beides, Schwäche der Ausführung und meine ungenügenden Kenntnisse der Regeln des *basso continuo*.

Wir hörten auf zu spielen. John stand am Fenster und schaute über die See hinweg, wo der Himmel weit unter den Wolken verschwand. Hinter Portland ging die Sonne in einem feurigen Glühen unter, was uns nach einem langen Regentag wieder etwas aufheiterte.

Ich hatte die Kopie von Grazianis Suite vom Tisch genommen, hielt sie auf meinem Schoß und wendete die

Seiten des alten, mit braunen Punkten verfärbten, gelben Papiers. Als ich das Buch schloss, fiel ein Strahl des abendlichen Sonnenlichts über den Raum hinweg und beleuchtete das Wappen, das in Goldfarbe auf dem Umschlag eingeprägt war. Es war sehr verblichen und hätte normalerweise nur schwer erkannt werden können, aber der Strahl des starken Lichts erhellte es, und im Nu erkannte ich das gleiche Wappen, wie es sich Mr. Gaskell auf dem Balkon für die Musiker in seinem geisterhaften Tanzsaal vorgestellt hat.

Mein Bruder hatte mir sehr oft von den Einzelheiten der Fantasien seines Freundes erzählt, und nun sah ich hier, vor mir, das gleiche, blumige, ausländische Wappen – der Kopf eines Puttos, der auf drei Lilien auf einem goldenen Untergrund bläst.

Diese Entdeckung war nicht nur von Interesse, sondern gab mir auch eine unmittelbare Erleichterung, denn es erklärte in vernünftiger Weise wenigstens eine Sache einer seltsamen Geschichte. Mr. Gaskell hatte ohne Zweifel, für eine geraume Zeit, dieses, auf die Außenseite des Buches gedruckte Wappen gesehen. Da er dessen Abdruck im Unterbewusstsein mit sich trug, hat er es dann in seiner Einbildung der ausgelassenen Feiern hervorgeholt.

Ich sagte das alles meinem Bruder, und er zeigte großes Interesse. Nachdem er das Wappen untersucht hatte, stimmte er zu, dass es sicherlich eine mögliche Lösung dieses Teils des Mysteriums war.

Am 12. Oktober ging John nach Oxford zurück.

KAPITEL VI

Mein Bruder hat mir später erklärt, dass er mehr als einmal währen der Sommerferien ernsthaft für sich die Möglichkeit in Betracht gezogen hatte, seine Räume in Magdalen Hall zu tauschen. Er dachte, dass es so für ihn möglich sein könnte, ein für alle Mal die Erinnerung an die Erscheinung loszuwerden und auch die Gefahr, dass sie wiederkommen könnte. Er hätte entweder in eine andere Gruppe von Räumen von Hall umziehen können, oder anderweitig in eine Unterkunft in der Stadt – ein nicht ungewöhnlicher Vorgang, so wurde mir gesagt, für Gentlemen am Ende ihres Kurses in Oxford.

Ich wünschte bei Gott, dass er das auch gemacht hätte! Aber bei der Trägheit, die – wie ich fürchte – lieber Edward, allzu oft eine Eigenschaft unserer Familie war, wich er vor dem Ärger, den ein solcher Weg bereiten könnte, aus. Zum Anfang des Herbstsemesters war er immer noch in seinen alten Räumen.

Du wirst mir verzeihen, dass ich hier eine kurze Beschreibung des Wohnzimmers deines Vaters wiedergebe. Ich denke, dies ist notwendig, um die folgenden Ereignisse richtig zu verstehen.

Es war kein großer Raum, obwohl er wahrscheinlich der schönste in den kleinen Gebäuden von Magdalen Hall war. Vom Boden bis an die Decke hatte er Eichenpaneelen, die aufeinanderfolgende Generationen mit zahlreichen Lagen von Farbe verdunkelt hatten.

Auf einer Seite waren zwei Fenster mit Blick auf die New College Lane, die mit stark gepolsterten Sitzen in den Nischen ausgestattet waren. Vor dem Fenster gab es Blumenkästen, deren Glanz im Sommersemester einen schönen Kontrast zu den grauen und bröckelnden Steinen abgab und sofort jedem Bewohner und Vorbeigehenden Freude bereitete.

Fast auf der ganzen Länge der den Fenstern gegenüberliegenden Wand hatte ein Mieter längst vergangener Jahre, Regale aus Mahagoniholz gestellt, die etwa bis zu einer Höhe von 1,50 Metern vom Fußboden aus reichten. Sie waren schön gemacht, im Stil des achtzehnten Jahrhunderts, und trafen den Geschmack meines Bruders.

Er hatte immer eine Vorliebe für Bücher, und die ausgezeichnete Bücherei in Worth Maltravers, hatte ohne Zweifel dazu beigetragen, sein Interesse in dieser Richtung zu fördern. Zu der Zeit, über die ich schreibe, hatte er sich selbst eine kleine Sammlung in Oxford zusammengestellt. Dabei achtete er besonders auf die Einbände und erwarb eine Menge Exemplare mit künstlerischer Gestaltung, vornehmlich – wie ich glaube – von Messrs. Payne & Foss, den bekannten Londoner Buchhändlern.

Gegen Ende des Herbstsemesters, als er an einem kalten Tag die Gelegenheit hatte, ein Buch von Plato aus dem Regal zu nehmen, stellte er zu seiner Überraschung fest, dass es Buch ziemlich warm war. Eine genauere Untersuchung konnte ihm den Grund dafür schnell erklären – nämlich, dass der Rauchabzug, der hinter dem einen Ende des Bücherregals vorbeiführte, nicht nur die Wand spürbar erwärmte, sondern auch die Bücher in den Regalen.

Obwohl er schon fast drei Jahre in diesen Räumen war, hatte er diesen Umstand nie zuvor bemerkt, auch weil diese Bücher, ohne Zweifel, selten in die Hand genommen wurden, da sie mehr Ausstellungsstücke für besondere Einbände waren, als zum praktischen Gebrauch.

Er war über diese Entdeckung etwas verärgert, da er befürchtete, dass eine solche Wärme, obwohl sie in reduzierter Weise gut für die Bücher ist, in der jetzigen Stärke das Leder wellig werden lassen oder die Einbände in anderer Weise beschädigen könnte.

Mr. Gaskell saß zum Zeitpunkt dieser Entdeckung mit ihm zusammen. Für ihn hatte er das Buch von Plato herausgenommen. Er empfahl dringend, das Bücherregal zu versetzen, und schlug vor, es an das andere Ende des Raums zu stellen, wo sich das Klavier damals befand.

Sie schauten sich das Regal näher an und fanden heraus, dass es leicht zu bewegen war, da es in Wirklichkeit nur der Rahmen eines Bücherregals war und auf der Hinterseite nur die gestrichene Wandtäfelung zeigte.

Mr. Gaskell fand es merkwürdig, dass alle Böden fest eingebaut und nicht herausnehmbar waren, außer einem am Ende, das in der üblichen Weise angebracht war, aber nach Belieben versetzt werden konnte.

Mein Bruder dachte, dass dieser Wechsel das Erscheinungsbild des Raums verbessern würde, neben der Tatsache, dass dies von Vorteil für die Bücher war. Er gab deshalb dem Collegedekorateur den Auftrag, die notwendigen Arbeiten umgehend auszuführen.

Die beiden jungen Männer hatten ihre musikalische Arbeit wieder aufgenommen und auch die *Areopagita* und andere Musikstücke von Graziani gespielt, seit sie im Herbst nach Oxford zurückgekommen waren. Sie bemerkten jedoch, dass der Stuhl während der *Gagliarda* nicht mehr knarrte – und dass, in der Tat, keinerlei ungewöhnliche Ereignisse bei dieser Darbietung auftraten.

Manchmal waren sie fast versucht, die Richtigkeit ihrer eigenen Erinnerung anzuzweifeln und das Geheimnis als vollkommen mythisch anzusehen, das sie während des Sommersemesters so sehr beunruhigt hatte.

Mein Bruder hatte Mr. Gaskell auch darauf aufmerksam gemacht, dass das Wappen auf der Außenseite des Musikbuchs identisch mit dem war, das dieser sich in seiner Fantasie an dem Balkon der Musiker ausgemalt hatte.

Er gab sofort zu, dass er zu irgendeinem Zeitpunkt das Wappen auf dem Buch bemerkt und danach wieder vergessen hatte und dass wohl eine unterbewusste Erinnerung daran, seine Einbildung in diesem Fall inspirierte.

Er tadelte meinen Bruder dafür, mich unnötig aufgeregt zu haben, indem er mir alles über so eine unnütze Geschichte erzählt hatte. Es war ihm deshalb eine Freude, mir ein paar Zeilen nach Worth Maltravers zu senden, in denen er mich für den Scharfsinn meiner Wahrnehmung beglückwünschte, aber ansonsten nur in neckischer Weise über die ganze Sache sprach.

Am Abend des 14. November saß mein Bruder in seinem Zimmer, zusammen mit seinem Freund, und sie unterhielten sich.

Der Standort des Bücherregals wurde am Morgen des selbigen Tages verändert, und Mr. Gaskell kam vorbei, um zu sehen, wie die Bücher aussehen, wenn sie am Ende, statt an der Seite des Raums stehen. Er lobte die neue Anordnung, und die jungen Männer hockten lange beim Feuer, mit einer Flasche College-Portwein und einem Teller mit Mispeln, die ich meinem Bruder geschickt hatte und die von unserem berühmten Baum im oberen Bauernhof von Worth Maltravers stammten.

Später machten sie Musik und spielten eine Auswahl von Stücken, wobei sie auch die *Areopagita* darboten.

Mr. Gaskell beglückwünschte John noch einmal bezüglich der Verbesserung, die sich durch die Platzveränderung des Bücherregals ergeben hatte, und sagte: "Es haben nicht nur die Bücher an ihrem jetzigen Platz das generelle Bild des Raums aufgewertet, sondern es erscheint mir so, dass der Wechsel auch einen merklichen Einfluss auf eine akustische Verbesserung hat."

"Die Eichentäfelung, die nun an der Seite des Raums freigelegt ist, hat der Wand Resonanzeigenschaften gegeben, die ganz besonders auf die Töne deiner Violine ansprechen. Während du die *Gagliarda* heute Nacht gespielt hast, konnte ich mir fast vorstellen, dass jemand im angrenzenden Raum die gleiche Melodie mit einem *sordino* gespielt hat, so deutlich war das Echo."

Kurz danach ging er.

Mein Bruder hatte sich im angrenzenden Schlafzimmer halb entkleidet und ging dann zurück ins Wohnzimmer, zog den großen Korbstuhl vor das Kaminfeuer und saß da und betrachtete die glühenden Kohlen. Dabei dachte er vielleicht an Miss Constance Temple.

Die Nacht versprach sehr kalt zu werden und der Wind pfiff herunter durch den Kamin und verstärkte dadurch das angenehme Gefühl, das vom hellen Feuer kam.

Er saß da und beobachtete die rötliche Spiegelung des Feuerscheins, wie sie an der Panelenwand tanzte. Dann bemerkte er, dass ein Bild, das an der Stelle aufgehängt wurde, wo sich früher das Ende des Bücherregals befand, nicht ordentlich angebracht war und besser ausgerichtet werden musste.

Ein schräg hängendes Bild war besonders abstoßend für seine Augen, und er stand sofort auf, um die Lage zu verändern.

Als er aufstand, erinnerte sich daran, dass es genau der Ort war, wo er vor vier Monaten die Gestalt des Mannes aus den Augen verloren hatte, die er vom Korbstuhl hat aufstehen sehen, und diese Vorstellung ließ in sofort erschauern.

Die Erinnerung daran hat wahrscheinlich seine Fantasie auch in einer anderen Richtung beeinflusst, denn es erschien ihm so, dass er sehr schwach die Melodie der *Gagliarda* vernehmen konnte, so, als würde sie wieder gespielt, weit entfernt und gedämpft mit einem sordino.

Er legte eine Hand hinter das Bild, um es zu stabilisieren, und als er dies tat, berührte sein Finger einen kleinen Vorsprung an der Wand. Er bewegte das Bild ein wenig zur Seite und sah, dass das, was er berührt hatte, die Rückseite eines kleinen, in die Wand eingelassenen Scharniers war, das durch viele Schichten von Farbe fast verdeckt wurde.

Seine Neugier war geweckt, und er nahm eine Kerze vom Tisch, um die Wand sorgfältig zu untersuchen. Die Überprüfung zeigte sehr bald ein weiteres, etwas höher befindliches Scharnier und allmählich erkannte er, dass, irgendwann in der Vergangenheit, eine der Paneele so angebracht wurde, dass man sie öffnen konnte und möglicherweise als Tür für ein versenktes Schränkchen diente.

An diesem Punkt, so hat er mir versichert, hat ihn eine fieberhafte Angst überfallen, die Tür zu diesem Schränkchen zu öffnen und dass eine heftige Aufregung seinen Verstand ergriff, wie wir sie kurz vor einer

Entdeckung erleben, von der wir glauben, dass sie wichtige Ergebnisse hervorbringt.

Er lockerte die Farbe in den Furchen mit einem Taschenmesser und versuchte, die Tür aufzumachen, aber dieses Instrument war für diesen Zweck nicht geeignet, sodass alle seine Bemühungen erfolglos blieben. Seine Aufregung hatte nun einen erdrückenden Zustand erreicht.

Obwohl er nicht wusste, warum, erwartete er, dass er nun vor einer seltsamen Entdeckung in diesem verschlossenen Schränkchen stand.

Er schaute sich im Zimmer nach einer 'Waffe' um, mit der er die Tür gewaltsam öffnen konnte. Zwischenzeitlich hatte er mit seinem Taschenmesser genug Holz zwischen den Verbindungen weggeschnitten, was ihm ermöglichte, das Ende des Schürhakens in das Loch zu bekommen.

Genau in dem Moment, als die Uhr im Turm des New College eins schlug, gelang es ihm, mit einer heftigen Anstrengung, die Tür aufzubrechen. Es schien so, dass sie nie einen richtigen Verschluss hatte, sondern lediglich durch die Ansammlung von Farbe verklemmt war.

Als er sie langsam in den rostigen Scharnieren nach hinten bog, schlug sein Herz so schnell, dass er kaum noch Luft holen konnte. Gleichzeitig war er sich, die ganze Zeit über, der grotesken Seite seiner Lage bewusst, in dem Wissen, dass es höchst wahrscheinlich war, dass er die Vertiefung leer vorfinden wird.

Das Schränkchen war klein, aber sehr tief. In dem unklaren Licht erschien es zunächst so, dass es nichts enthielt, außer einem kleinen Haufen Staub und Spinnweben. Er hatte ein heftiges Gefühl der Enttäuschung, als er seine Hand hineinsteckte; das aber veränderte sich im Nu wieder zu einem Interesse, das ihm fast den Atem nahm, als er etwas Festes fühlte, von dem er zunächst dachte, dass es nur eine Ansammlung von vermoderter Erde und Dreck war.

Er schnappte sich eine Kerze, und während er diese in der einen Hand hielt, zog er mit der anderen einen Gegenstand aus dem Schränkchen hervor, den er auf den Tisch legte, bedeckt, so wie er war, mit dem seltsamen Bezug von schwarzen, anhaftenden Spinnweben, wie ich sie auf alten Weinflaschen klebend gesehen habe.

Er lag nun da, zwischen dem Teller mit Mispeln und der Karaffe, stark verhüllt mit einer dicken Staubschicht, wie ein Mantel darum herum, offenbarte aber darunter die Kontur einer Violine.

KAPITEL VII

John war sehr aufgeregt über seine Entdeckung; er fühlte, dass seine Gedanken in einer Weise verwirrt waren, wie ich es selbst oft erlebt hatte, wenn ich unerwartete Nachrichten bekam, die mich zutiefst interessierten. Gleichzeitig war er aber etwas amüsiert über seine eigene Begeisterung und fühlte, dass es kindisch ist, so bewegt zu sein, wegen eines banalen Ereignisses, wie es das Auffinden einer Violine, in einem alten Schränkchen, war.

Seine Fassung kam aber bald wieder zurück, und er nahm das Instrument mit größter Vorsicht in seine Hände, da er befürchtete, dass das Alter das Holz in einen spröden und morschen Zustand gebracht haben könnte. Mithilfe kräftigen Pustens und mit ein wenig Abstauben, entfernte er den dickeren, äußeren Belag von Spinnweben und konnte dann die zierlichen Kurven des Korpus und der Schnecke am Hals deutlicher sehen.

Einige Minuten sorgfältiger Behandlung später, war das Instrument so weit sauber, dass es ihm möglich war, die wesentlichen Dinge wahrzunehmen.

Es musste für viele Jahre verborgen gewesen sein, wie es die große Ansammlung von Staub zeigte. Es schien aber dadurch in keiner Weise Schaden genommen zu haben. Die Tatsache, dass ein Rauchabzug durch die Wand ging, in nicht allzu großer Entfernung, hatte ohne Zweifel dazu beigetragen, dass die Luft in dem Schränkchen in einer gleichmäßigen Temperatur gehalten wurde.

Soweit er das beurteilen konnte, war das Holz in der gleichen, guten Verfassung, wie es aus den Händen des Geigenbauers gekommen war. Die Saiten waren natürlich gerissen und hatten sich zu kleinen, verworrenen Knoten zusammengewunden. Der Korpus war von einer leicht rötlichen Farbe, mit einem Firnis von eigenartigem Glanz und besonderer Weichheit. Der Hals erschien länger als gewöhnlich zu sein, und die Schnecke am Ende war erstaunlich kühn geschwungen und frei.

Die Violine, die mein Bruder gewöhnlich benutzte, war eine ausgezeichnete *Pressenda*, die ihm von Mr. Thorseby, seinem Vormund, zum fünfzehnten Geburtstag geschenkt wurde. Es war eine aus der späteren und besten Periode dieses Geigenbauers und eine Kopie eines Stradivari-Modells.

John nahm sie aus dem Kasten und legte sie Seite an Seite mit seiner neuen Entdeckung, in der Absicht, diese in Größe und Form zu vergleichen. Er bemerke sofort, dass das sie zwar beide identisch in der Form waren, aber die Überlegenheit in den Details der älteren Violine war so erheblich, dass er überzeugt war, dass sie ohne Zweifel ein Instrument von außergewöhnlichem Wert sein musste.

Die besondere Schönheit ihrer Lackierung hatte ihn sehr stark beeindruckt, und, obwohl er nie eine Stradivari gesehen hatte, fühlte er eine in ihm aufsteigende Überzeugung, dass er vor einem Meisterstück dieses großen Geigenbauers stand.

Als er sich den Innenraum anschaute, fand er, dass überraschend wenig Staub eingedrungen ist. Er blies durch die Klanglöcher und hatte bald genug davon entfernt, um ein Etikett zu erkennen.

Er holte die Kerze dicht an sich heran und hielt die Violine so, dass ein kleiner Lichtschein auf diesen Aufkleber fiel. Sein Herz sprang mit einem heftigen Schlagen, als er die Buchstaben las: *'Antonius Stradiuarius Cremonensis faciebat, 1704'* (gemacht von Antonio Stradivari, Cremona, 1704).

Unter gewöhnlichen Umständen könnte man annehmen, dass ein solches Etikett eine Fälschung ist, aber die Bedingungen waren ganz andere, wenn eine Violine in einem vergessenen Schränkchen gefunden wird, zusammen mit dem Beweis, dass sie für eine lange Zeit dort gewesen sein muss.

Er war zu dieser Zeit nicht so vertraut mit der Geschichte der Streichinstrumente der großen Hersteller, wie er es, wie auch ich, später wurde. Deshalb war er nicht in der Lage zu sagen, inwieweit das genaue Jahr ihrer Herstellung den Wert bestimmt, im Vergleich zu anderen Exemplaren von Stradivari.

Obwohl die *Pressenda*, die er immer spielte, stets als ausgezeichnetes Instrument betrachtet wurde, sowohl in der Herstellung als auch in der Lackierung, war seine neue Entdeckung jedoch so viel besser in beiden Punkten, dass es ihm sicher war, dies müsste eine der besten Ausführungen des Meisters aus Cremona sein.

Er untersuchte die Violine peinlichst genau, schaute sich jedes Merkmal an, und befand, eines nach dem andern, von höchster Perfektion zu sein, soweit ihm seine Kenntnisse dieses Instruments eine Beurteilung erlaubten.

Er zündete weitere Kerzen an, um sie vielleicht noch besser betrachten zu können. Er hielt sie auf seinen Knien fest und saß in stiller Bewunderung derselben da, bis ihn das verlöschende Feuer und die sich verstärkende Kälte warnten, dass die Nacht nun schon weit fortgeschritten war.

Schließlich trug er sie in sein Schlafzimmer, verschloss sie sorgfältig in einer Schublade und zog sich zur Nachtruhe zurück.

Er erwachte am nächsten Morgen in diesem angenehmen Bewusstsein, dass es da einen Grund zur Freude gab, wie wir sie am Anfang einer Zeit der Glücklichkeit fühlen, sogar schon, bevor unser Verstand es erfasst und uns daran erinnert, was der wirkliche Grund für diese Freude sein kann.

Er war anfangs besorgt, dass seine Aufregung die Fantasie beeinflusst haben könnte, und ihn in der vorhergegangenen Nacht dazu verleitet hat, die Feinheit dieses Instruments zu überschätzen.

Er nahm es aus der Schublade, fast in der Erwartung enttäuscht zu werden, wenn er es nun bei Tageslicht betrachtet. Aber schon ein flüchtiger Blick überzeugte ihn, dass sein Misstrauen unbegründet war.

Die verschiedenen Schönheiten, die er zuvor gesehen hatte, wurden durch das Tageslicht hundertfach verstärkt, und er bemerkte, noch umfassender als zuvor, dass das Instrument insgesamt von außergewöhnlichem Wert war.

Und nun, mein lieber Edward, muss ich Dich um Verzeihung bitten, wenn es den Eindruck macht, dass die Geschichte, die ich Dir nun erzählen muss, den Charakter deines verstorbenen Vaters wiedergibt. Ich bitte Dich, in Betracht zu ziehen, dass dein Vater auch mein lieber und einziger Bruder war, und dass es mich unaussprechlich schmerzt, dass ich nun über einige Handlungen von ihm berichte, die für einen Gentleman unpassend sind, der er unzweifelhaft war.

Ich fahre damit nur deshalb weiter fort, da er mir, nahe an seinem Ende, sehr ausdrücklich auferlegt hat, dich über diese Umstände gänzlich in Kenntnis zu setzen, wenn Du volljährig geworden bist. Wir müssen uns demütig daran erinnern, dass nur Gott allein ein Urteil zusteht, und dass arme Sterbliche keine Entscheidung treffen können, was in bestimmten Situationen ihrer Freunde richtig oder falsch war, sondern dass wir uns alle bemühen sollten, unsere eigenen Pflichten zu erfüllen.

Dein Vater hat die Entdeckung, die er gemacht hatte, völlig vor mir verheimlicht. Es war erst viel später, als er mir davon berichtet hat, und ich erfuhr auch von diesen und anderen Ereignissen, von denen ich Dir jetzt berichte, auch erst viel später nach ihrem Eintreten."

Er erzählte seinem Diener, dass er ein altes Schränkchen in der Wandtäfelung entdeckt und geöffnet hatte, ohne den Umstand zu erwähnen, dass er darin etwas gefunden hatte. Er bat ihn nur, zu veranlassen, dass die Farbe ausgebessert und das Schränkchen in einen unbrauchbaren Zustand gebracht werden sollte.

Bevor er ein sehr spätes Frühstück beendet hatte, kam Mr. Gaskell vorbei. Es war ein Grund für ein anhaltendes Bedauern von mir, dass mein Bruder, auch seinem intimsten und vertrauenswürdigsten Freund gegenüber, die Entdeckung der letzten Nacht verschwiegen hat. Er hat ihm zwar erzählt, dass er ein altes Schränkchen in der Wandtäfelung gefunden und geöffnet hat, erwähnte aber nicht, dass sich darin auch etwas befand.

Ich kann nicht sagen, was ihn veranlasst hat, so zu handeln, denn die beiden jungen Männer waren seit langer Zeit so eng verbunden, dass sie, ganz selbstverständlich, fast alle wichtigen Dinge miteinander teilten, die ihnen wichtig waren, ob Freude oder Leid.

Mr. Gaskell schaut sich das Schränkchen mit Interesse an und sagte danach: "Ich weiß nun, Johnnie, warum ein Regalboden beweglich gemacht worden war, während alle andern fest eingebaut waren. Ein früherer Bewohner hat das Schränkchen, ohne Zweifel, als ein geheimes Behältnis für seine Schätze benutzt und mit dem Bücherregal davor verdeckt. Wer weiß, was er darin aufbewahrt hat, oder wer er war!"

"Ich wäre nicht überrascht, wenn es der Mann gewesen ist, der so oft hergekommen ist, um uns beim Spiel der *Areopagita* zuzuhören und den du in der Nacht im letzten Juni gesehen hast."

"Siehst du, er hat dieses eine Regalbrett so gemacht, dass man es bewegen konnte, wenn er gelegentlich Zugang zu diesem Hohlraum haben wollte. Dann, als er Oxford verlassen hatte, oder vielleicht verstorben ist, war das Geheimnis in Vergessenheit geraten, und nach mehrmaligem Streichen haben sich die Spalten verschlossen."

Mr. Gaskell ist kurz darauf gegangen, da er einer Vorlesung beiwohnen musste, und mein Bruder war alleine bei der Betrachtung seines neu gefundenen Schatzes. Nach einiger Überlegung beschloss er, dass er das Instrument nach London bringen würde, um von einem Experten eine Meinung bezüglich dessen Echtheit einzuholen.

Er war damals mit dem verstorbenen Mr. George Smart gut bekannt, dem berühmten Londoner Händler, vom dem sein Vormund, Mr. Thoresby die Pressena-Violine gekauft hatte, die John gewöhnlich benutzte.

Neben seiner Eigenschaft als Händler wertvoller Instrumente war Mr. Smart ein bekannter Sammler von Stradivari Streichinstrumenten, geachtet als einer der ersten Autoritäten in Europa in diesem Bereich der Kunst und in diesem Zusammenhang auch Autor eines wertvollen Nachschlagewerks.

Deshalb beschloss mein Bruder, die Violine zu ihm zu bringen. Er schrieb einen Brief an Mr. Smart und teilte ihm mit, dass er ihm die Freude erweisen sollte, ihn in den nächsten Tagen in einer geschäftlichen Angelegenheit zu erwarten.

Er suchte dann seinen Lehrer auf, und mit einer entsprechenden Entschuldigung bekam er Urlaub für eine Reise nach London am nächsten Morgen. Er verbrachte den Rest des Tages damit, die Geige sorgfältig zu reinigen und am nächsten Mittag sah man ihn, mit der sorgfältig verpackten Violine, in Mr. Smarts Geschäft in der Bond Street.

Mr. Smart empfing Sir John Maltravers mit Ehrerbietung und fragte, in welcher Weise er ihm behilflich sein könne. Als er hörte, dass eine Meinung für die Bestimmung der Echtheit einer Violine benötigt wurde, lächelte er etwas doppelsinnig und ging dann voran, auf dem Weg zum Empfangszimmer.

"Mein lieber Sir John", sagte er, "ich hoffe nicht, dass man Sie dazu gebracht hat, ein Instrument in gutem Glauben zu kaufen. Es sind zurzeit viele, gute Kopien von Instrumenten berühmter Hersteller im Umlauf, die deren Etikett haben, sodass die Chancen ein echtes Streichinstrument aus einer unbekannten Quelle zu bekommen, ziemlich gering sind. Ich denke, dass kaum eines unter fünfzig wirklich das ist, was es vorgibt, zu sein."

"Es ist wirklich die einzig sichere Regel", fügte er als Experte hinzu, "dass Sie niemals eine Violine kaufen, es sei denn, sie kommt von einem Händler, der einen Ruf zu verlieren hat, und wenn Sie bereit sind, einen angemessenen Preis dafür zu bezahlen."

Mein Bruder hatte in der Zwischenzeit die Violine ausgepackt und auf den Tisch gelegt. Als er das letzte Blatt Stanniolpapier heruntergenommen hatte, sah er, wie das herablassende Lächeln von Mr. Smart verschwand. Es verwandelte sich sofort in einen interessierten und aufgeregten Blick. Er trat vor, nahm die Violine in die Hand und prüfte sie sehr genau. Still drehte er sie für einen Moment herum und schaute sich jede Einzelheit aus der Nähe an, wobei er sogar ein Vergrößerungsglas benutzte.

Schließlich sagte er in einem veränderten Ton, "Sir John, ich hatte fast alle der schönsten Exemplare von Stradivari in meinen Händen und dachte, ich wäre mit jedem Noteninstrument vertraut, dass jemals seine Werkstatt verlassen hatte, aber ich muss selbst eingestehen, dass ich mich da geirrt habe."

"Ich darf mich für den von mir ausgedrückten Zweifel entschuldigen, was das Instrument betrifft, das Sie mir gebracht haben. Diese Violine ist aus des Meisters goldener Periode, sie ist unbestreitbar echt und in vielerlei Hinsicht schöner als irgendeine Stradivari, die ich je gesehen habe, und dabei nehme ich nicht einmal die berühmte *Dolphin* Violine aus – oder die *Delfino*, wie die Italiener sagen."

"Sie brauchen keine Befürchtungen wegen der Echtheit zu haben; kein Kenner könnte sie für eine Sekunde in den Händen halten und an diesem Punkt zweifeln."

Mein Bruder war sehr erfreut über so ein positives Urteil, und Mr. Smart fuhr fort:

"Der Lack ist von diesem satten Rot, das er in seiner besten Periode benutzt hat, nachdem er den Gelbton aufgegeben hatte, den er anfangs von seinem Meister Amati kopierte. Ich habe niemals zuvor eine Lackierung gesehen, die dicker und glänzender war, und sie zeigt auf der Rückseite diese spezielle Schattierung, die einer Abnutzung ähnlich ist, und die wir 'Auflockerung' nennen."

"Die Randeinlagen sind ebenfalls von einer unübertreffbaren Vorzüglichkeit. Deren Ausführung ist so edel, dass ich Ihnen empfehlen möchte, sie mit einem Vergrößerungsglas zu betrachten."

Und in dieser Weise fuhr er fort, und fand nach und nach neue Schönheiten, die er bewundern konnte.

Mein Bruder war zuerst beunruhigt, dass Mr. Smart ihn fragen würde, wo ein solch außergewöhnliches Instrument herkäme, aber dann sah er, dass der Experte schon zu einer schnellen Schlussfolgerung gekommen war. Er wusste, dass John kürzlich volljährig wurde und augenscheinlich vermutete, dass er die Violine unter den Erbsachen von Worth Maltravers gefunden hatte.

John ließ Mr. Smart in diesem Irrglauben und sage lediglich, dass er das Instrument in einem alten Schränkchen gefunden habe und darum Grund zu der

Annahme haben konnte, dass es für viele Jahre dort versteckt war.

"Gibt es da keine Dokumente für so ein hervorragendes Dokument?", fragte Mr. Smart. "Ich vermute, dass es sich schon einige Jahre in ihrer Familie befand. Wissen Sie, wie es in ihren Besitz kam?"

Ich glaube, dies war das erste Mal, wo sich John Gedanken machte, welches Besitzrecht er an diesem Instrument überhaupt hatte. Er war so aufgeregt über seine Entdeckung, dass ihm bisher die Frage des Eigentums nicht in den Sinn gekommen war.

Die unwillkommene Vermutung, dass es, nach alledem, nicht seins war und dass das College einen rechtmäßigen Anspruch erheben könnte, kam ihm für einen Moment in den Sinn, aber er verdrängte diese Gedanken sofort wieder und beruhigte sein Gewissen damit, dass es zumindest nicht der richtige Moment sei, die Dinge offenzulegen.

Er verteidigte sich gegen die Fragen von Mr. Smart, so gut er konnte, und sagte, dass er nichts über die Geschichte dieses Instruments wisse, widersprach aber nicht der Annahme, dass es sich seit Langem im Besitz seiner Familie befand.

"Das ist in der Tat einzigartig", fuhr Mr. Smart fort, "dass so ein prachtvolles Instrument so lange verborgen gewesen sein sollte, und dass sogar diejenigen, die sich in solchen Sachen auskennen, überhaupt keine Ahnung von seiner Existenz gehabt hatten.

Ich werde die Liste der berühmten Instrumente in der nächsten Ausgabe meiner 'Historie der Violinen' überarbeiten müssen und, darüber hinaus, einen speziellen Absatz über die 'Worth Maltravers Violine' schreiben", fügte er mit einem Lächeln hinzu.

Über vieles, was noch kam, brauche ich nicht zu berichten. Mr. Smart schlug vor, dass die Violine bei ihm bleiben solle, damit er sie etwas entspannter untersuchen könne. Mein Bruder sollte nach einer Woche wiederkommen, wenn er das Instrument geöffnet hat, was ein Eingriff wäre, der in jedem Fall notwendig ist.

"Das Innenleben", fügte er hinzu, "erscheint mir völlig im Originalzustand zu sein, und ich werde das mit Sicherheit sagen können, wenn es offenliegt. Das Etikett ist perfekt, aber wenn ich mich nicht irre, kann ich weiter oben etwas sehen, was aussieht wie ein zweiter Aufkleber. Das erregt mein Interesse, da ich kein Beispiel von einem zweiten Etikett kenne."

Diesem Vorschlag stimmte mein Bruder bereitwillig zu, gespannt darauf, allein die Freude einer so erfreulichen Entdeckung genießen zu können, wie auch die unbestreitbare Echtheit des Instruments.

Als er, mehr entspannt, über die Sache nachdachte, wurde er neugierig, welche Bedeutung dieses zweite Etikett hat, von dem Mr. Smart gesprochen hatte.

Ich schäme mich, zu sagen, dass er sich davor fürchtete, es könnte sich darauf der Name eines Besitzers befinden oder irgendeine andere Beschriftung, die beweisen könnte, dass das Instrument noch nicht so lange in der Familie Maltravers gewesen war, wie er es Mr. Smart hat glauben lassen.

Innerhalb kürzester Zeit war es also möglich, dass Sir John Maltravers von Worth befürchten musste, entdeckt zu werden, wenn auch nicht wegen einer völligen Unwahrheit, zumindest aber wegen seines Schweigens, mit dem er zu dieser beigetragen hatte.

Während der darauffolgenden Woche verharrte John in einem aufgeregten und beunruhigten Zustand. Er arbeitete wenig und vernachlässigte seine Freunde, da seine Gedanken fortwährend mit der seltsamen Entdeckung, die er gemacht hatte, beschäftigt waren.

Ich weiß auch, dass ihn sein Ehrempfinden Sorge bereitete und dass er nicht zufrieden war mit dem Weg, den er eingeschlagen hatte.

Am Abend seiner Rückkehr aus London besuchte er Mr. Gaskell in seinen Räumen im New College und verbrachte dort eine Stunde, in der verschiedene Dinge diskutiert wurden. Im Verlaufe ihres Gesprächs stellte er seinem Freund eine Frage in Bezug auf das moralische Problem, was man tun sollte, wenn man einen versteckten, wertvollen Gegenstand in seinen Zimmern finden würde.

Mr. Gaskell antwortete, ohne zu zögern, dass er sich verpflichtet fühlen würde, dies gegenüber den Obrigkeiten offenzulegen.

Er sah, dass sich mein Bruder unwohl fühlte, und mit der Klarheit seines Urteilsvermögens, welches er immer an den Tag legte, dachte er sich, dass mein Bruder tatsächlich eine Entdeckung irgendwelcher Art in dem alten Schränkchen in seinen Räumen gemacht hatte.

Er konnte natürlich nicht erahnen, was es genau war, dass gefunden wurde und dachte, es könnte in Beziehung zu einem Goldschatz stehen. Gleichzeitig bestand er mit Dringlichkeit auf der Verpflichtung, umgehend irgendetwas in dieser Art offenzulegen.

Mein Bruder aber, fehlgeleitet – so wie ich befürchte – durch das Gefühl unverzichtbarer Rechte, das den Schatzjäger vor seinem Schatz überkommt, kümmerte sich noch weniger um den Rat seines Freundes, als um seine Gewissensbisse, und ging seiner Wege.

Von diesem Tag an, mein lieber Edward, zeigte er eine Haltung von Geheimnistuerei und Zurückhaltung, die ganz im Gegensatz zu seiner offenen und ehrenhaften Art stand, und er sah auch Mr. Gaskell nicht mehr so oft.

Sein Freund war bestrebt, sein Vertrauen und seine Zuwendung zu gewinnen, mit allem, was in seiner Macht stand. Im Gegensatz dazu verbreiterte sich aber die Kluft zwischen den beiden immer mehr, und mein Bruder verlor die Kameradschaft und den Rat eines wahren Freundes, zu einer Zeit, wo er sich dies eigentlich nicht leisten konnte.

In der darauffolgenden Woche kehrte er nach London zurück und traf Mr. Smart, mit Voranmeldung, in der Bond

Street. Wenn der Experte bei der letzten Gelegenheit Begeisterung gezeigt hatte, war diese nun um das Zehnfache höher. Fast wie im Rausch sprach er über die Violine.

Er hatte sie mit zwei fantastischen Instrumenten aus der Sammlung des verstorbenen Mr. James verglichen, dann mit den feinsten in Europa, und sie war diesen zugegebenermaßen überlegen, sowohl in den feinen Maserungen des Holzes, als auch bezüglich ihrer besonders schönen Lackierung.

"Was den Klang angeht", sagte er, "können wir das noch nicht genau sagen, aber ich bin mir sicher, dass ihre Stimme dem hervorragenden Äußeren ebenbürtig sein wird. Mehrere Personen, die in hervorragendem Maß qualifiziert sind, ein Urteil zu fällen, sind meiner Meinung, dass sie sehr selten gespielt wurde, und geben zu, dass man niemals zuvor so ein intaktes Innenleben zu Gesicht bekommen hatte."

"Die Schnecke ist außergewöhnlich kühn geschwungen und im Original. Obwohl sie ohne Zweifel von der Hand eines Meisters stammt, ist sie von einer Art, vollkommen verschieden und unverwechselbar von irgendeiner anderen, die ich jemals betrachtet habe."

Dann wies er meinen Bruder darauf hin, dass die Seitenlinien der Schnecke ungewöhnlich tief eingeschnitten waren, und dass deren Vorderseite weit mehr herausstand, als es gewöhnlich für solche Instrumente üblich ist.

"Die beachtenswerteste Eigenschaft", schloss er, "ist die, dass das Instrument zwei Etiketten hat. Neben dem Aufkleber, den Sie bereits gesehen haben, beschriftet mit *'Antonius Stradiuarius Cremonensis faciebat'* und mit dem Datum seiner großartigsten Schaffensperiode, 1704, gibt es einen weiteren, kleineren, den ich Ihnen zeigen werde, etwas darüber auf dem Boden, so deutlich beschriftet, dass man glaubt, die Tinte wäre gerade erst getrocknet."

Er nahm die Violine auseinander und zeigte ihm ein kleines Etikett, das mit blasser Tinte beschrieben war.

"Das ist die Handschrift von Stradivari selbst, und man kann das leicht erkennen, obwohl sie viel fester ist, als das Beispiel, das ich einst gesehen habe. Er hatte es in einem sehr hohen Alter geschrieben, mit seinem Namen und dem Datum 1736."

"Er war zu diesem Zeitpunkt zweiundneunzig Jahre alt und verstarb im darauffolgenden Jahr. Aber dieses hier, wie Sie sehen können, zeigt nicht seinen Namen, sondern lediglich die beiden Worte *'Porphyrius philosophus'*. Auf was sich das bezieht, vermag ich nicht zu sagen. Mein Freund, Mr. Calvert, brachte vor, dass Stradivari diese Geige diesem heidnischen Philosophen gewidmet haben könnte, oder sie nach ihm benannt hat."

"Ich habe in der Tat von zwei berühmten Violinen gehört, die *Peter'* und *'Paul'* genannt wurden, aber solche Namensgebungen sind sehr selten, und ich glaube, dass es insgesamt keinen vergleichbaren Fall gibt, wo man einen Namen so auf einem Etikett findet."

"In jedem Fall muss ich die Entschlüsselung dieser Sache ihrem Einfallsreichtum überlassen. Weder der Stimmstock, noch der Bassbalken wurden jemals bewegt, und Sie sehen hier eine Violine, in genau dem Erscheinungsbild, welches sie einst hatte, als sie die Werkstatt des großen Meisters verlassen hat, und auch genau in diesem Zustand."

"Dennoch denke ich, dass der Korpus stark genug ist, moderner Besaitung standzuhalten. Ich würde Ihnen raten, das Instrument eine Weile bei mir zu lassen, damit ich mich, mit der geschuldeten Aufmerksamkeit, darum kümmern kann, dass sie in geeigneter Weise besaitet wird."

Mein Bruder dankte ihm, überließ ihm die Violine und sagte, dass er ihn brieflich instruieren würde, an welche Adresse er sie senden solle.

Ein romantisierter Druck von Antonio Stradivari (ca. 1644 – 1737)

KAPITEL VIII

Innerhalb weniger Tage, nachdem das Herbstsemester beendet war, in der zweiten Woche des Monats Dezember, kam John zurück nach Worth Maltravers zum Weihnachtsurlaub.

Seine Ankunft war immer eine große Freude für mich gewesen, und bei dieser Gelegenheit habe ich seiner Gesellschaft mit größerer Erwartung entgegengesehen, die leidenschaftlicher war, als sonst, da ein geplanter Besuch von einem Freund nicht stattgefunden hatte und ich den letzten Monat alleine verbracht habe.

Nachdem sich die Freude unseres ersten Zusammentreffens etwas gelegt hatte, hatte es nicht lange gedauert, bis ich eine Veränderung in seinem Verhalten feststellen konnte, die mir Rätsel aufgab.

Es war nicht so, dass er mir gegenüber weniger liebenswürdig gewesen wäre, da ich glaubte, er zeige eine zärtlichere Geduld und Herzlichkeit mir gegenüber, wie ich sie vorher nie erfahren hatte; ich hatte aber das unbehagliche Gefühl, dass ein Schatten zwischen uns gekrochen ist.

Es war die kleine, entfernte Wolke, die später seinen und meinen Horizont verdunkelte. Ich vermisste die alte Aufrichtigkeit und offenherzige Ehrlichkeit, die er stets gezeigt hatte; und da schien es immer etwas im Hintergrund zu geben, das er versuchte vor mir verborgen zu halten.

Es war offensichtlich, dass seine Gedanken stets woanders waren, so stark, dass er, bei mehr als einer Gelegenheit, wage und zusammenhanglose Antworten auf meine Fragen gab.

Manchmal gab ich mich damit zufrieden, dass ich glaubte, er sei verliebt, und dass seine Gedanken bei Miss Constance Temple waren, aber selbst hier konnte ich mir nicht einreden, dass sein verändertes Benehmen allein damit begründet werden konnte.

In anderen Momenten ließ der Eindruck eines Verwirrtseins, den ich besonders am Morgen beobachten konnte, und der völlig fremd seiner intelligenten Veranlagung war, in mir den schrecklichen Verdacht hochkommen, dass er neuerdings die Angewohnheit hatte, irgendwelche geheimen Suchtstoffe oder andere schädlichen Drogen, einzunehmen.

Wir hatten Weihnachten nie außerhalb von Worth Maltravers verbracht, das es immer eine Zeit der stillen Freude für uns beide war. Aber unter diesen veränderten Umständen war es eine große Erleichterung und Grund zur Dankbarkeit für mich, einen Brief von Mrs. Temple zu bekommen, in dem sie uns beide einlud, Weihnachten und das Neue Jahr in Royston zu verbringen.

Diese Einladung übte auf meinen Bruder genau die Wirkung aus, die ich mir erhofft hatte. Sie rüttelte ihn aus seiner launigen Stimmung heraus, besonders da er bisher noch nie in der Grafschaft Derbyshire war.

Es versammelte sich eine kleine, aber angenehme Gesellschaft in Royston, und wir verbrachten dort höchst vergnügliche vierzehn Tage. Mein Bruder schien seine Unpässlichkeit vollkommen abgeschüttelt zu haben, und ich sah meine sehnlichsten Hoffnungen Wirklichkeit werden, in der herzlichen Verbundenheit, die offensichtlich zwischen ihm und Miss Constance Temple entstanden war.

Unser Besuch näherte sich seinem Ende und es war schon innerhalb einer Woche, dass John nach Oxford zurückkehren musste. Mrs. Temple feierte den Abschluss der Weihnachtsfeierlichkeiten mit einem Ball, den sie an der zwölften Nacht veranstaltete und an dem eine große Gesellschaft anwesend war, eingeschlossen viele der Familien in der Grafschaft.

Das Anwesen in Royston war für solche Veranstaltungen in bewundernswerter Weise geeignet, wegen der Anzahl und der Größe der Räume. Obwohl es von seiner Entstehung her, wie auch im äußeren Erscheinungsbild, in die Elisabethanische Zeit gehört, haben nachfolgende Generationen das Haus modernisiert und erweitert. Ein Vorfahre aus der Mitte des letzten Jahrhunderts hatte im hinteren Teil eine riesige Halle im klassischen Stil bauen lassen, die mit einem Dom oder Kuppel bedeckt war, und in der nun getanzt wurde.

Das Abendessen wurde im älteren Saal auf der Vorderseite serviert, und während es schon im fortgeschrittenen Stadium war, zog ein Gewitter auf.

Die Seltenheit einer solchen Erscheinung im tiefsten Winter wurde allgemein festgestellt. Obwohl die Blitze extrem hell waren, wie man es deutlich durch die Vorhänge vor den Fenstern sehen konnte, schien der Sturm noch weit entfernt zu sein. Einen einzigen Schlag ausgenommen, war der Donner nicht laut.

Nach dem Essen wurde weiter getanzt, und ich beteiligte mich an einer Polka, die man *'Ich erinnere mich an den König Pippin'* nennt, als mein Tanzpartner mir mitteilte, dass einer der Diener mit mir sprechen wollte. Ich bat ihn, mich an die Seite zu führen, und der Diener informierte mich, dass mein Bruder krank sei. "Sir John', sagte er, "wurde von einem Ohnmachtsanfall ergriffen, aber er wurde ins Bett gebracht und Dr. Empson ist bei ihm" – ein Arzt, der zufällig unter den Anwesenden war.

Sofort verließ ich die Halle und eilte zum Zimmer meines Bruders. Auf dem Weg dorthin traf ich Mrs. Temple und Constance, wobei die Letztere sehr aufgeregt war und weinte. Mrs. Temple versicherte mir, dass Dr. Empson sich positiv über den Zustand meines Bruders geäußert hatte und seine Schwäche einer Überanstrengung im Tanzsaal zuschrieb. Der Mediziner hatte ihn mit der Hilfe von Sir Johns Kammerdiener ins Bett gebracht. Er hatte ihm etwas leichte Zugluft verschafft und gab Anweisung, dass er im Moment nicht gestört werden sollte. Es wäre besser, wenn ich das Zimmer nicht betreten würde. Mrs. Temple bat mich darum, dass ich gütigerweise Constance trösten und beruhigen sollte, die sehr aufgeregt war, während sie selbst zu den Gästen zurückkehrte.

Ich führte Constance in mein Schlafzimmer, wo ein helles Feuer brannte, und beruhigte sie, so gut ich es konnte. Ihr Interesse für meinen Bruder war augenscheinlich sehr echt und ungekünstelt. Obwohl sie ihre Schwäche für ihn nicht in Worte fasste, machte sie keine Anstalten ihre Gefühle vor mir zu verbergen. Ich küsste sie zärtlich und bat sie, mir die Umstände für Johns Anfall mitzuteilen.

Es schien so gewesen zu sein, dass sie nach dem Abendessen nach oben in das Musikzimmer gegangen sind. Er hatte selbst vorgeschlagen, dass sie von dort in die Bildergalerie gehen sollten, wo sie das Gewitter besser beobachten konnten, das nunmehr besonders heftig war.

Die Bildergalerie in Royston ist sehr lang, eng und ziemlich niedrig. Sie erstreckt sich über die gesamte Länge des Südflügels und endet bei einem großen Erker im Tudorstil, von dem man in östliche Richtung sieht. In diesem Erker saßen sie für eine Weile und schauten den Blitzen zu.

Die winterliche Landschaft zeigte sich für einen kurzen Augenblick und verschwand dann wieder in der Dunkelheit. Die Galerie selbst war nicht beleuchtet, und der Effekt der Blitze war wunderschön.

Dann kam ein ungewöhnlich heftiger Blitz, begleitet von diesem einzigen, nachhallenden Donnerschlag, den auch ich zuvor bemerkt hatte. Constance hatte zu meinem Bruder gesprochen, er hat aber nicht geantwortet. Einen Moment danach sah sie, wie er in Ohnmacht fiel. Sie hatte sofort Hilfe herbeigerufen, aber es dauerte eine kurze Zeit, bis er wieder zu Bewusstsein kam.

Am Ende ihrer Ausführungen saß sie da und hielt meine Hand in der ihrigen. Wir grübelten über den Grund der Schwäche meines Bruders und dachten, dass sie mit einer Überbelastung zusammenhängt oder dem Sitzen in einer kühlen Umgebung, da die Bildergalerie nicht geheizt war, als Mrs. Temple an die Tür klopfte und sagte, dass John wieder in einer besseren Verfassung sei und mich unbedingt sehen wollte.

Als ich das Schlafzimmer meines Bruders betrat, fand ich ihn in einem Morgenmantel auf dem Bett sitzen. Pernham, sein Kammerdiener, der sich am Feuer zu schaffen machte, verließ den Raum, als ich hereinkam. Ein Stuhl stand am Kopfteil des Betts und ich setzte mich zu ihm. Er nahm meine Hand in die seine, und, ohne ein Wort, brach er in Tränen aus. "Sophy", sagte er, "ich bin so unglücklich, und ich habe nach dir geschickt, um dir von meinen Sorgen zu erzählen, weil ich weiß, dass du nachsichtig mit mir sein wirst."

"Noch vor einer Stunde erschien alles so vielversprechend zu sein. Ich saß mit Constance, die ich so innig liebe, in der Bildergalerie. Wir haben uns die Blitze angesehen, bis die Donnerschläge nachgelassen hatten und der Sturm vorüber zu sein schien."

"Ich wollte sie gerade fragen, ob sie meine Frau werden wolle, als ein Blitz hereinbrach, heller als all die anderen, und Sophy, ich sah – ich sah – den Mann vor mir stehen, so nah an mir, wie du jetzt – ich sah – den Mann wie in Oxford, von dem ich dir erzählt habe, und dann kam diese Ohnmacht über mich."

"Wen meinst du?", sagte ich, weil ich nicht verstanden hatte, wovon er sprach und einen Moment daran dachte, er würde jemand anderes meinen. "Hast du Mr. Gaskell gesehen?"

"Nein, es war nicht er gewesen, sondern der tote Mann, den ich gesehen habe, wie er aus meinem Korbstuhl aufgestanden ist, in der Nacht, als du wieder von Oxford weggegangen bist."

Du wirst vielleicht über meine Schwäche lächeln, mein lieber Edward, und ich hatte zu jener Zeit auch keine Entschuldigung dafür, aber ich kann dir versichern, dass ich niemals vergessen habe, und auch niemals vergessen werde, welch überwältigendes Entsetzen seine Worte in mir ausgelöst hatten.

Es schien so, als hätte eine Furcht, die bisher unklar und schattenhaft im Hintergrund stand, sich nunmehr auf mich zubewegt und mir immer mehr Leid zugefügt, je näher sie kam. Da gab es etwas krankhaft Schreckliches in Bezug auf die Erscheinung dieses Mannes in dieser momentanen Krise meines Bruders, und ich erkannte sofort dieses unbekannte Etwas als einen Schatten, der sich allmählich zwischen John und mich schob.

Obwohl ich, so gut ich konnte, Ungläubigkeit vorgetäuscht hatte, und die Argumente und Floskeln vorgebrachte, die man bei solcherlei Gelegenheiten benutzt, und auch mit Dringlichkeit vortrug, dass solche Phantome nur in einem Geist existieren können, der durch körperliche Schwäche gestört ist, wurde mein Bruder jedoch durch diese Worte nicht getäuscht. Er erkannte sofort, dass ich diesen selbst keinen Glauben schenkte.

"Meine liebste Sophy", sagte er in einer viel ruhigeren Weise, "lass uns alle Heuchelei beiseitelegen. Ich *weiß*, dass das, was ich heute Nacht gesehen habe, und das, was ich letzten Sommer in Oxford gesehen habe, *keine* Phantome in meinem Kopf sind, und ich glaube, dass du tief in deinem Innersten auch von dieser Wahrheit überzeugt bist. Bemühe dich deshalb nicht, mich vom Gegenteil zu überzeugen. Wenn ich nicht an die Beweise meiner Sinne glaube, wäre es besser, sofort meine Verrücktheit zuzugeben – und ich weiß, dass ich nicht verrückt bin. Lass uns lieber darüber nachdenken, auf was eine solche Erscheinung hindeutet, und wer der Mann ist, der sich in dieser Weise zeigt."

"Ich kann dir nicht erklären, warum diese Erscheinung in mir eine so große Abscheu erregt. Ich kann nur sagen, dass ich in seiner Gegenwart, Angesicht zu Angesicht, vor einer grauenhaften und abstoßenden Verruchtheit stand. Es ist nicht nur seine Gestalt, die so scheußlich ist."

"Letzte Nacht sah ich ihn genauso, wie ich ihn in Oxford gesehen hatte – sein Gesicht bleich wie Wachs, mit einem hämisch verzogenen Mund, die gleiche hohe Stirn und das Haar hochgekämmt, dass es so aussah, als würde es auf den

Enden stehen. Er trug den gleichen langen Mantel aus grünem Stoff und die weiße Weste und stand da, als hätte er unser Gespräch belauscht, obwohl ich ihn nicht sehen konnte, bis der Blitz ihn erkennbar machte."

"Du wirst dich daran erinnern, dass er seine Augen immer nach unten gerichtet hatte, als ich ihn in Oxford sah, sodass ich deren Farbe nicht erkennen konnte. Diesmal waren sie weit geöffnet, und sie waren hellbraun und sehr klar."

Ich sah, dass sich mein Bruder aufregte und noch immer schwach wegen seiner kürzlichen Ohnmacht war. Ich weiß, dass jede normale Person mit einer starken Psyche sofort sagen würde, dass sein Geist umhergewandert ist, und dennoch hatte er die ganze Zeit über eine schreckliche Überzeugungskraft, dass alles, was er sagte, der Wahrheit entsprach.

Alles, was ich tun konnte, war, ihn darum zu bitten, sich zu beruhigen und zu überlegen, wie vergeblich solche Fantasien sein müssen.

"Wir müssen auf Gott vertrauen, lieber John", sagte ich. "Ich bin sicher, solange wir nicht in bewusster Sünde leben, werden wir nicht in die Hände böser Mächte fallen, und ich kannte meinen Bruder zu gut, dass ich hätte denken können, er würde etwas tun, von dem er weiß, dass es schlecht ist. Wenn da böse Geister sind, wie man uns gelehrt hat, dass es sie gibt, hat man uns auch beigebracht, dass es gute und stärkere Geister, wie sie gibt, die uns beschützen werden."

Ich sprach eine Weile mit ihm, bis er ruhiger wurde, und dann redeten wir über Constance und die Liebe, die er für sie empfand. Er war hochzufrieden zu hören, wie sie deutliche Zeichen von Interesse für seine Krankheit gezeigt hatte und auch ehrliche Zuneigung für ihn. Auf jeden Fall hat er mir versprochen, dass er ihr gegenüber nie erwähnen würde, was er heute Nacht oder in Oxford gesehen hatte.

Es war schon spät geworden, und der wellige Takt der Tänze, der in seinem Zimmer besonders spürbar war, obwohl wir keine eindeutigen Geräusche hören konnten, war nun verklungen.

Mrs. Temple klopfte an die Tür, als sie zu Bett ging. Sie fragte, wie es ihm geht, und richtete eine freundliche Nachricht der Anteilnahme von Constance aus, die ihm eine große Befriedigung verschaffte.

Als sie fort war, machte ich mich ebenfalls zum Weggehen bereit, aber bevor ich ging, bat er mich das Gebetbuch vom Tisch zu nehmen, und ihm laut ein kurzes Gebet vorzulesen, das er ausgesucht hatte. Es war für den zweiten Sonntag der Fastenzeit gedacht und ihm offensichtlich gut bekannt. Als ich las, schienen die Worte eine neue und tiefer gehende Bedeutung zu haben, und mein Herz wiederholte mit Leidenschaft die Bitte um Schutz vor diesen 'üblen Gedanken, welche die Seele angreifen und verletzen'.

Ich wünschte ihm Gute Nacht und ging sorgenvoll weg. Parnham hatte sich, auf Wunsch von John, auf einem Sofa im Schlafzimmer seines Herrn eingerichtet.

Am nächsten Morgen stand ich beizeiten auf und ging zum Zimmer meines Bruders, um nachzufragen, wie es ihm geht. Parnham sagte, dass er eine ruhelose Nacht gehabt hatte und als ich später eintrat, fand ich ihn mit hohem Fieber vor, leicht im Delirium und offensichtlich nicht in einem so guten Zustand, wie ich ihn zuletzt gesehen hatte.

Mrs. Temple, aus großer Güte und Voraussicht, hatte Dr. Empson gebeten, für die Nacht in Royston zu bleiben, und schon bald kümmerte er sich um seinen Patienten. Sein Urteil war ziemlich besorgniserregend: John litt unter einem deutlichen Anfall einer Hirnhautentzündung. Sein Zustand gab Anlass zu größter Besorgnis und er konnte keine Antwort darauf geben, welchen Verlauf die Krankheit nehmen würde. Du kannst dir leicht vorstellen, wie mich diese Erkenntnisse getroffen haben.

Mrs. Temple und Constance teilten meine Aufregung und Fürsorge. Constance und ich hatten an diesem Morgen viel miteinander gesprochen. Ungekünstelte Angstzustände hatten ihre Zurückhaltung beseitigt, und sie sprach offen über ihre Gefühle für meinen Bruder und ihre Schwäche für ihn. Ich, für meinen Teil, ließ sie wissen, wie willkommen mir jegliche Verbindung zwischen ihr und John wäre, und wie ernsthaft ich sie als meine Schwägerin schätzen würde.

Es war ein stürmischer Wintertag, an dem einiger Schnee fiel und ein starker Wind blies. Das Haus war in dem unaufgeräumten Zustand, den man üblicherweise am

Folgetag eines Balls oder einer wichtigen Festivität beobachten kann.

Ruhelos wanderte ich umher und fand schließlich den Weg zur Bildergalerie, welche die Kulissen von Johns Abenteuer in der vorausgegangenen Nacht gebildet hatte.

Ich war zuvor nicht in diesem Teil des Hauses gewesen, da es er keinerlei Heizung hatte und deshalb in den Wintermonaten oft verschlossen blieb. Es bereitete mir ein eher lustloses Vergnügen, die Bilder zu bewundern, welche die Wände füllten. Die meisten davon waren Porträts von früheren Familienmitgliedern, eingeschlossen das berühmte Bild von Sir Ralph Temple und seiner Familie, das man Holbein zuschreibt. Ich hatte das Ende der Galerie erreicht und setzte mich in das Erkerfenster und schaute auf die spärlich fallenden Schneeflocken und die immergrünen Pflanzen, die sich wild in den plötzlichen Windstößen hin und her bewegten.

Meine Gedanken waren mit den Ereignissen des vergangenen Abends beschäftigt – mit der Krankheit von Sir John, mit dem Ball – und ich ertappte mich dabei, wie ich die Melodie eines Walzers summte, der mir ins Gedächtnis gekommen war. Schließlich drehte ich mich von dem Anblick des Gartens weg, in Richtung der Galerie. Als ich dies tat, fiel mein Blick auf ein bemerkenswertes Bild, genau gegenüber von mir.

Es war ein bodenlanges Portrait eines jungen Mannes in voller Körpergröße. Ich hatte kaum Zeit gehabt, auch nur die wesentlichsten Merkmale wahrzunehmen, um zu erkennen, dass ich den gemalten Doppelgänger aus den Fantasien meines Bruders vor mir hatte.

Die Entdeckung versetzte mir einen heftigen Schock, und es erfüllte mich mit Abscheu, als ich sofort die besonderen Eigenschaften und die Kleidung von dem Mann erkannte, den John gesehen hatte, als er sich von dem Stuhl in Oxford erhob.

So genau hatte mein Bruder in seiner Vorstellung den Mann beschrieben, dass es so schien, als hätte ich ihn zuvor oft selbst gesehen. Ich betrachtete alle Merkmale und verglich sie mit der Beschreibung meines Bruders und fand, dass sie mir alle bekannt vorkamen und genau übereinstimmten.

Er war ein Mann in der Blüte seines Lebens. Seine Gesichtszüge waren ebenmäßig und bestens ausgeformt. Dennoch gab es etwas in seinem Gesicht, das in mir eine tiefe Abneigung hervorrief. Sein Mund war scharf geschnitten, mit einem höhnischen Grinsen auf seinen Lippen, und seine Gesichtsfarbe hatte diese große Blässe, die sich so tief in das Gedächtnis meines Bruders eingeprägt hat, wie nun auch in mein eigenes.

Nachdem sich die erste, intensive Verwunderung etwas gelegt hatte, überkam mich ein Gefühl großer Erleichterung, denn hier gab es jetzt eine außergewöhnliche Erklärung für meines Bruders Vision in der letzten Nacht.

Es war sicher, dass dieser bestimmte Lichtblitz das unselige Bild erleuchtet hatte, und dass die gemalte Person, in seiner dafür empfänglichen Fantasie, wie eine echte Verkörperung vor ihm stand.

Dass aber ein solches Ereignis, wie erschreckend es auch ist, John zu einer Hirnhautentzündung gebracht haben konnte, zeigte nur, dass er bereits in einem sehr schlechten Zustand war, auf den eine Aufregung eine größere Wirkung hat, als auf eine robuste Verfassung. Ein ähnlicher Zustand der Schwäche, beeinflusst durch seine Leidenschaft für Constance Temple, könnte sicherlich auch die Erscheinung herbeigezaubert haben, die er in der Nacht sah, als wir Oxford im Sommer verlassen hatten.

Diese Gedanken, mein lieber Edward, verschafften mir große Erleichterung, da es eine vergleichsweise belanglose Sache war, dass mein Bruder krank sein sollte, sogar ernsthaft krank, wenn alleine seine körperliche Indisposition die Erklärung für das übernatürliche Grauen ist, das uns für die letzten sechs Monate heimgesucht hat.

Die Wolken haben sich gelichtet. Es war offensichtlich, dass John sich für einige Monate sehr unwohl gefühlt hatte; seine körperliche Schwäche hatte seinen Verstand beeinflusst, und ich habe alle seine abschweifenden Fantasien wie wahr aussehen lassen, indem ich mich durch sie so beunruhigt gezeigt hatte, anstatt sie sofort zurückzuweisen oder freundlich wegzulächeln, wie ich es hätte tun sollen.

Diese freudigen Gedanken haben mich aber zu weit weggetragen. Es kam mir recht schnell in den Sinn, dass ich mich nicht mit einer so einfachen Erklärung zufriedengeben konnte.

Wenn die Gestalt, die mein Bruder in Oxford gesehen hatte, nur ein Produkt seiner gestörten Fantasie war, wie sollte er dann in der Lage gewesen sein, sie genau so zu beschreiben, wie diejenige, die auf dem Bild zu sehen war.

Er war nie zuvor in seinem Leben in Royston gewesen, deshalb konnte er keine Vorstellung von dem Bild haben, das sich unbewusst, oder in versteckter Weise, in sein Gedächtnis eingeprägt hat. Dennoch hatte sich seine Beschreibung nie verändert. Sie war so genau, dass sie mich in die Lage versetzt hat, mir in meiner Fantasie eine plastische Vorstellung von dem Mann zu geben, den er sah. Und hier hatte ich nun auch die genaue Abbildung der Gesichtszüge und der Kleidung.

Angesichts einer solchen Übereinstimmung wird der Verstand verwirrt, und ich wusste nicht, was ich denken sollte. Ich ging dichter an das Bild heran und untersuchte es aus der Nähe.

Die Kleidung stimmte in jedem Detail mit der überein, welche die Gestalt in Oxford anhatte und von der mir mein Bruder erzählt hatte: Ein langer Gehrock aus grünem Stoff, mit Goldstickereien an den Ecken, eine weiße Seidenweste mit eingestickten Rosenzweigen, goldene Litzen an den Knopflöchern, gelbbraune Kniehosen, und von dem fein modellierten Hals hing ein stattliches Halstuch mit prächtiger Spitze herunter.

Die Gestalt stand lässig an einer geriffelten Steinsäule oder kurzem Pfeiler, auf der sein linker Ellbogen lag, und der rechte Fuß war leicht über den linken gekreuzt.

Seine Schuhe waren aus schwarzem, poliertem Leder mit schweren, silbernen Schnallen. Das ganze Gewand war sehr altmodisch und so, wie ich es nur auf ausgefallenen Kostümbällen gesehen hatte.

Am Fuß der Säule war der Name des Malers 'BATTONI pinxit, Romae, 1750' (gemalt von Battoni, Rom, 1750). Oben auf der Säule lag eine Schriftrolle, offensichtlich mit Musik, von der eine Ecke offenlag und über die Kante hing.

Für einige Minuten stand ich still da und starrte auf dieses Portrait, das mich so in Erstaunen versetzt hat. Ich drehte mich weg, als ich Fußschritte in der Galerie hörte, und sah Constance, die gekommen war, um mich zu suchen.

"Constance", sagte ich. "Wessen Porträt ist das? Es ist ein sehr eindrucksvolles Bild, nicht wahr?"

"Ja, es ist ein prächtiges Bild, allerdings von einem sehr schlechten Mann. Sein Name war Adrian Temple, dem Royston einst gehörte. Ich weiß nicht viel über ihn, aber ich glaube, er war sehr niederträchtig und sehr gerissen. Meine Mutter müsste in der Lage sein, dir mehr darüber zu erzählen."

"Es ist ein Bild, das keiner von uns mag, obwohl es so wunderbar gemalt ist; vielleicht habe auch ich eine Abneigung dagegen, weil er mir, schon von Kindheit an, als schlechter Mann beschrieben wurde. Es ist eigenartig, denn als der sehr helle Lichtblitz letzte Nacht kam, während dein Bruder und ich hier saßen, beleuchtete er das Bild mit einem grellen Schein, der die Gestalt so seltsam hervorhob, dass sie fast wie lebend erschien. Es war direkt danach, als ich John in Ohnmacht fallen sah."

Die Erinnerung daran war für keine von uns beiden angenehm, und wir wechselten das Thema. "Komm", sagte ich, "lass uns die Galerie verlassen, es ist kalt hier."

Obwohl ich in diesem Moment keine weiteren Fragen stellte, hatten ihre Worte einen großen Eindruck auf mich gemacht. Es war seltsam, mit dem Wenigen, was sie von diesem Adrian Temple wusste, konnte sie sofort über ein bekanntermaßen bösartiges Leben sprechen, und auch über ihre persönliche Abneigung gegenüber diesem Bild.

Wenn ich mich daran erinnere, was mein Bruder in der vorhergegangenen Nacht sagte, dass er in der Gegenwart dieses Mannes das Gefühl hatte, dass er dadurch Angesicht zu Angesicht mit einer unbeschreiblichen Bösartigkeit gebracht wurde, konnte ich nicht anders, als von dieser Fügung überrascht zu sein.

Die ganze Geschichte schien mir nun einem dieser Puzzles von Bildern oder Karten zu gleichen, mit denen ich als Kind gespielt hatte, wo ein Teil sich an das andere fügt, bis das Bild komplett ist. Es war so, als würde ich die Teile einer vergangenen Geschichte finden, eines nach dem anderen, um sie dann zusammenzufügen, bis sich allmählich ein schreckliches Ganzes aufbaut und sich in seiner Missgestalt abzeichnet.

Dr. Empson sprach mit Besorgnis über Johns Krankheit und stimmte ohne Zögern dem Vorschlag von Mrs. Temple zu, dass Dr. Dobie, ein berühmter Mediziner in Derby, zu einer Konsultation herbeigerufen werden sollte.

Dr. Dobie kam mehr als einmal und war schließlich in der Lage, eine Veränderung des Zustands von John zu verkünden. Beide Ärzte hatten aber absolut verboten, dass ihn irgendjemand besucht. Sie sagten auch, dass erst eine Zeit von einigen Wochen vergehen müsste, bevor er verlegt werden könnte.

Mrs. Temple lud mich ein, in Royston zu bleiben, bis sich mein Bruder so weit erholt hatte, um verlegt werden zu können. Während sie und Constance die Umstände natürlich bedauerten, gaben sie auch ihrer Freude Ausdruck, dass mich dieser Grund so lange bei ihnen hält.

Als die Arztberichte nach und nach günstiger wurden und sich, aus diesem Grund, unsere Gedanken wieder frei anderen Angelegenheiten widmen konnten, sprach ich eines Tages mit Mrs. Temple über dieses Bild. Ich sagte, dass ich mich dafür interessiere, und fragte nach einigen Einzelheiten aus dem Leben von Adrian Temple.

"Mein liebes Kind", sagte sie, "es wäre mir lieber, du würdest keine Neugier zeigen, für so einen Mann wie diesen, und ich wünschte mir, ich müsste ihn nicht einen Vorfahren nennen. Ich weiß selbst nicht viel von ihm."

"Er führte ein Leben, mit dem keine Frau wünschen würde, ein engerer Teil zu sein, noch weniger ein junges Mädchen. Er war, so glaube ich, ein Mann mit bemerkenswerten Talenten und verbrachte die meiste Zeit zwischen Oxford und Italien. Gelegentlich besuchte er auch Royston und hatte die große Halle bauen lassen, die wir als Tanzsaal benutzen."

"Bevor er zwanzig Jahre alt war, hörte man schon wilde Geschichten über sein zügelloses Leben, und mit dreißig, war sein Name Inbegriff für ein solches Verhalten, unter vernünftigen und rechtschaffenen Leuten".

"In Oxford und auf seinen Reisen hatte er immer einen Zechbruder dabei, namens Jocelyn, der ihm in seiner Boshaftigkeit unterstützte, bis er ihn auf einer ihrer Italienreisen plötzlich verließ und ein Trappistenmönch wurde. Es wurde sofort darüber berichtet, dass eine schreckliche Tat von Adrian Temple sogar ihn schockiert hatte und sein noch verbliebenes Gespür für eine normale Menschlichkeit dermaßen zerstörte, dass er noch rechtzeitig aus dem Feuer geholt wurde und das Ruder, gegen die volle Strömung seiner Boshaftigkeit, herumreißen konnte."

"Was auch gewesen war, Adrian ging ohne ihn weiter auf seinem teuflischen Weg und verschwand vier Jahre danach. Das letzte Mal hatte man von ihm in Neapel gehört, und man sagt, dass er der Pest erlegen war, während eines heftigen Ausbruchs der Krankheit in Italien im Herbst 1752."

"Das ist alles, was ich dir über ihn sagen werde, und in der Tat, weiß ich selbst nur wenig mehr. Die einzige gute, über ihn weitergegebene Eigenschaft war, dass er ein meisterhafter Musiker gewesen ist, der in bewundernswerter Weise das Violinspiel beherrschte, das er unter keinem Geringeren als dem ruhmreichen Tartini erlernt hatte."

"Jedoch, selbst diese Art von Musik – wenn man den Überlieferungen Glauben schenkt – hatte er in der niederträchtigsten Weise gebraucht."

Ich entschuldigte mich für meine Indiskretion, weil ich sie über ein unangenehmes Thema ausfragte. Gleichzeitig dankte ich ihr für das, was sie mir sagen konnte, und gab zu, sehr interessiert zu sein, was ich in der Tat auch war.

"War er ein schöner Mann?"

"Das ist eine typische Mädchenfrage", antwortete sie mit einem Lächeln. "Man sagt, dass er sehr schön gewesen war. In der Tat würde einen das Bild, das nach seinen Jugendjahren gemalt worden ist, immer noch dazu verleiten, dies anzunehmen. Seine Gesichtsfarbe war aber verdorben, sagt man, und hatte sich durch bestimmte Experimente in ein tödliches Weiß verwandelt, was für uns weder möglich, noch wahrscheinlich ist, zu verstehen."

"Sein Gesicht hat diese lange, ovale Form auf die alle Temples stolz sind, und er hatte braune Augen; manchmal necken wir Constance damit, wenn wir sagen, sie sei wie Adrian."

Es stimmte wirklich, wie ich mich erinnerte, als Mrs. Temple es erwähnte, dass Constance ein besonders langes und ovales Gesicht hatte. Es gab ihr, wie ich denke, eine Art von nüchterner und sanfter Schönheit, die in meinen Augen, und vielleicht auch in denen von John, eines ihrer größten Reize war.

"Ich liebe noch nicht einmal sein Bild", fuhr Mrs. Temple fort. "Unnütze Diener haben seltsame Geschichten über es erzählt, die es nicht wert sind, wiederholt zu werden. Manchmal hatte ich daran gedacht, es zu zerstören, aber mein verstorbener Ehemann, der ein Temple war, wollte nichts dergleichen hören, noch nicht einmal davon, dass man es von seinem jetzigen Platz in der Galerie entfernt. Ich werde jetzt nichts gegen seine Wünsche unternehmen, die er so ausdrücklich ausgesprochen hat. Dazu ist es perfekt – vom künstlerischen Standpunkt aus gesehen. Es wurde von Battiri gemalt, und in seiner fröhlichsten Art."

Ich konnte nichts mehr aus Mrs. Temple herausbekommen, aber das, was sie mir erzählt hatte, interessierte mich stark. Es erschien wie ein weiteres Glied in der Kette. Warum dieser Adrian Temple aber so ein großer Musiker und Violinspieler gewesen sein soll, konnte ich kaum verstehen.

Ich hatte, so wie ich glaube, eine vage Idee von diesem bösartigen und verachteten Geist, der für hundert Jahre alleine in der Dunkelheit saß, bis er von den süßen Tönen der italienischen Musik zurückgeholt wurde, und der beschwingten Melodie der *Areopagita*, die er so sehr geliebt hatte.

KAPITEL IX

Johns Erholung, obwohl stetig und zufriedenstellend, ging aber recht langsam vonstatten. Erst zu Ostern, das dieses Jahr recht früh kam, konnte man sagen, dass seine Gesundheit vollständig wiederhergestellt war.

Die letzten, wenigen Wochen seiner Genesung waren für uns alle eine Zeit der Dankbarkeit und der stillen Freude. Wenn ich es aus meiner eigenen Erfahrung sagen kann, gibt es wenige Abschnitte in unserem Leben, die einen größeren Einfluss auf das Anwachsen der Gefühle von Zuneigung und Frömmigkeit haben, als die Zeit allmählicher Erholung von einer ernsthaften Erkrankung.

Die züchtigende Wirkung unserer vergangenen Krankheit ist noch nicht ganz vorbei, und wir sind sofort dankbar: einmal gegenüber unserem Schöpfer, dass er uns verschont hat und gegenüber unseren Freunden, für die zahllosen Taten von fürsorglicher Güte. Das ist die charakteristische Verhaltensweise, die eine Krankheit hervorruft.

Keine Mutter hat je ihren Sohn liebevoller gepflegt, als es Mrs. Temple bei meinem Bruder getan hat, und noch bevor die Wiederherstellung seiner Gesundheit vollkommen war, reifte die Verbindung zwischen ihm und Constance in eine offizielle Verlobung. Solch eine Verbindung war, wie ich es bereits erklärt habe, besonders vorteilhaft, und deren Aussichten boten die lebhaftesten Freuden für alle Beteiligten.

Der Monat März war ungewöhnlich mild gewesen, und das Anwesen in Royston, da es sich in einem Tal befand, wie die meisten Häuser zu dieser Zeit, wurde gut von den kalten Winden abgeschirmt. Es war zudem nach Süden ausgerichtet, und als mein Bruder wieder zu Kräften kam, saßen Constance, er und ich oft draußen, an den sanften Frühlingsmorgen.

Wir haben ihm einen Lehnstuhl mit vielen Kissen auf das Kiesbett bei der Eingangstür gestellt, wo die Wärme der Sonne von der Ziegelwand reflektiert wurde. Manchmal las er uns etwas vor, während wir mit unseren Häkelarbeiten beschäftigt waren. Mr. Tennyson hatte gerade anonym sein erstes Gedichtbuch veröffentlicht, und die schlichte Weise seiner Verse, passte gut in den Rahmen unserer Gedanken zu jener Zeit.

Die Erinnerung an diese wohltuenden Frühlingsmorgen, mein lieber Edward, ist noch vorhanden, und ich kann immer noch den süßen, feuchten Duft der Veilchen riechen und die hellen Farben der Krokusblumen sehen, die in den Parterres standen.

Johns Psyche schien sich zusammen mit seinem Körper zu erholen. Er hatte offensichtlich die Wolke vertrieben, die ihn vor seiner Krankheit überschatten hatte, und er vermied jeglichen Bezug auf diese unangenehmen Ereignisse, die vorher so konstant in seinen Gedanken waren.

Ich habe, in der Tat, eine frühe Gelegenheit genutzt, um ihm von meiner Entdeckung des Bildes von Adrian Temple zu berichten, da ich dachte, dass es ihm schlussendlich zeigen würde, dass wenigstens die letzte Erscheinung in ihrer geisterhaften Form eine vernünftige Erklärung zuließ. Er schien erfreut zu sein, dies zu hören, zeigte aber nicht das gleiche Interesse an der Sache, wie ich das erhofft hatte, und er ließ das Thema fallen.

Ob aus Desinteresse, oder aus einer anhaltenden Abneigung heraus, nochmals an den Ort zu gehen, an dem von er seiner Krankheit befallen wurde, hat er, wie ich denke, die Bildergalerie nicht wieder besucht, bevor er Royston verlassen hatte.

Von mir kann ich das nicht sagen. Das Bild von Adrian Temple übte eine seltsame Faszination auf mich aus, und ich nutze fortwährend die Gelegenheit, es zu studieren.

Es war in der Tat eine wunderbare Arbeit, und vielleicht brachte auch Johns Genesung einen freudigeren Unterton in meine Gedanken. Vielleicht war es aber auch die Kraft der Gewohnheit, die selbst die größten Abneigungen dämpft.

Ich verlor, Stück für Stück, meine Abscheu, die ich zuerst gefühlt hatte. Mit der Zeit wurde der unliebsame Anblick weniger unangenehm, und ich beachtete mehr das schöne Oval des Gesichts, die braunen Augen und die feinen Linien seiner Gesichtszüge. Manchmal fühlte ich auch ein tiefes Mitleid mit einem solch klugen Gentleman, der so jung gestorben ist, und dessen Leben, wenn es jemals so boshaft war, oft einsam und bitter gewesen sein muss.

Mehr als einmal haben mich Mrs. Temple und Constance dabei entdeckt, wie ich dasaß und auf das Bild schaute. Sie hatten freundlich über mich gelacht und sagten, dass ich mich in Adrian Temple verliebt hätte.

Eines Morgens, früh im April, als die Sonne hell durch den Erker schien und das Bild in ein volleres Licht tauchte, als gewöhnlich, hatte ich den Einfall, die Musikrolle näher zu untersuchen, die so in das Bild hineingemalt war, dass sie über den Rand der Säule hing, an der die Gestalt lehnte.

Ich hatte bisher gedacht, dass die Zeichen, die auf ihr abgebildet waren, nur diejenigen waren, die Maler gewöhnlich benutzen, um ein Notenblatt wiederzugeben.

Ich denke, das war allgemein der Fall, zumindest in denjenigen Bildern, die ich je gesehen hatte und in denen ein Musikstück vorgestellt wurde.

Ich meine damit, dass die Gemälde eine angedeutete Darstellung der Notenzeilen zeigen, aber man hatte sich nie die Mühe gemacht, ganz bestimmte Noten zu malen, anhand deren man ein ganz bestimmtes Stück erkennen könnte.

Gleichwohl, während ich dies schreibe, erinnere ich mich, dass in dem Monument für Händel in der Westminster Abbey eine Musikrolle befindet, ähnlich dem in Adrian Temples Bild, in die aber tatsächlich die Eröffnungsworte der majestätischen Melodie gegossen sind: 'I know that my Redeemer liveth' (Ich weiß, dass mein Erlöser lebt).

Jedoch, an diesem Morgen in Royston, dachte ich, erkannt zu haben, dass auf die Rolle richtige Notenzeilen gemalt wurden, Taktabschnitte und einzelne Noten. Mein Interesse war geweckt und ich stellte mich auf einem Stuhl, um sie besser untersuchen zu können. Obwohl dieser Teil des Bildes über die die Zeit etwas verdunkelt wurde, wie von einem Schleier oder einem Überzug, konnte ich dennoch ausmachen, dass der Maler die Absicht hatte, ein bestimmtes Musikstück abzubilden.

Im nächsten Moment erkannte ich, dass die Melodie, die dort hingemalt wurde, die Eröffnungstakte der *Gagliarda* wiedergab, in der Suite von Graziani, mit der mein Bruder und ich so gut vertraut sind. Obwohl ich glaube, dass ich das Musikbuch, in dem dieses Stück enthalten ist, nicht mehr als zweimal gesehen hatte, war mir doch die Melodie vertraut, und ich hatte keinerlei Schwierigkeiten mich davon zu überzeugen, dass ich hier die *Gagliarda* vor mir hatte, und nichts anderes. Es war richtig, dass sie nur grob gemalt wurden, aber für jemanden, der diese Töne kennt, gibt es keinerlei Raum für Zweifel.

Hier war ein erneuter Grund, ich will nicht sagen, für eine Überraschung, aber zum Nachdenken. Es könnte natürlich nur Zufall gewesen sein, dass sich der Maler dazu entschlossen hatte, dieses bestimmte Musikstück aufs Bild zu bringen, aber es erschien wahrscheinlicher, dass es in Wirklichkeit das Lieblingsstück von Adrian Temple war und dieser es absichtlich ausgewählt hatte, um mit ihm auf dem Bild zu erscheinen.

Ich behielt diese Entdeckung ganz für mich und dachte auch nicht, dass es klug wäre, diese mit meinem Bruder zu teilen. Wenn ich das machen würde, könnte ich sein Interesse an einer Sache wieder wecken, von der ich hoffte, sie sei ganz aus seinen Gedanken verschwunden.

In der zweiten Woche des Monats April löste sich die glückliche Gesellschaft in Royston auf. John kehrte für das Sommersemester nach Oxford zurück, Mrs. Temple machte einen kurzen Besuch in Schottland, und Constance kam nach Worth Maltravers, um mir für eine Weile Gesellschaft zu leisten.

Es war Johns letztes Semester in Oxford. Er erwartete, dass er sein Diplom im Juni erhalten würde, und seine Hochzeit mit Constance Temple wurde vorläufig für den darauffolgenden September geplant. Er kam nach Magdalen Hall in bester Laune zurück, und fand seine freundlich aussehenden Räume vor, mit gut gefüllten Blumenvasen in den Fenstern.

Ich will dich nicht mit einer langen Erzählung über die Ereignisse in diesem Semester aufhalten, da sie keine

Verbindung zu der vorliegenden Geschichte haben. Ich will nur sagen, dass sich, meiner Meinung nach, mein Bruder sorgfältig seinen Studien gewidmet hatte und seine Vergnügungen beim Reiten fand, wo er zwei Pferde ritt, die ihm von Worth Maltravers geschickt wurden.

Ungefähr in der zweiten Woche nach seiner Rückkehr erhielt er einen Brief von Mr. George Smart, in dem er ihm mitteilte, dass die Stradivari jetzt in einwandfreiem Zustand war. Nachfolgende Untersuchungen, wie Mr. Smart schrieb, und das einstimmige Urteil von Kennern, die er kontaktiere, hatten ebenfalls die Ansichten bestätigt, die er anfangs hatte – dass nämlich die Violine von höchster Qualität sein, und dass mein Bruder im Besitz eines unversehrten Exemplars aus der besten Periode von Stradivari war.

Er hatte sie ordnungsgemäß besaitet, und, da der Bassbalken nie versetzt wurde und stärker war, als gewöhnlich in der Zeit seiner Herstellung, betrachtete er es als unnötig, diesen zu ersetzen.

Wenn sich Anzeichen dafür ergeben würden, dass er für eine moderne Besaitung ungeeignet ist, kann man ihn später leicht gegen einen anderen austauschen.

Er hatte einem jungen deutschen Virtuosen erlaubt, darauf zu spielen, und obwohl dieser Gentleman einer der besten lebenden Violinspieler ist und die Gelegenheit hatte, viele hervorragende Instrumente in den Händen zu halten, versicherte er Mr. Smart, dass er niemals auf einem gespielt hatte, dass sich in irgendeiner Weise mit diesem vergleichen ließe.

Mein Bruder dankte ihm in seinem Antwortschreiben und bat darum, dass das Instrument nach Magdalen Hall geschickt werden sollte.

Die angenehmen Musikabende, die John einstmals in der Gesellschaft von Mr. Gaskell verbracht hatte, waren jedoch völlig ausgesetzt worden.

Obwohl es keinen Grund für ein Nachlassen der Freundschaft zwischen ihnen gab, und obwohl Mr. Gaskell, für seinen Teil, ein sehnliches Verlangen danach hatte, ihre ehemalige Vertrautheit aufrecht zu halten, sahen die beiden jungen Männer weniger und weniger voneinander, bis ihr Umgang sich auf ein zufälliges Grüßen auf der Straße reduziert hatte.

Ich glaube, dass mein Bruder diese ganze Zeit über sehr regelmäßig die Stradivari-Violine gespielt hat, aber immer allein. Der reine Besitz dieses Instruments hat vor allen Dingen eine heimlichtuerische Neigung in seinem Verhalten hervorgerufen, die seiner wirklichen Veranlagung völlig fremd war.

So wie er seine Entdeckung vor mir, seiner Schwester, verheimlicht hatte, so hat er es auch seinem Freund gegenüber getan, und Mr. Gaskell blieb in völliger Ahnungslosigkeit, was die Existenz dieses Instruments anbelangte.

An dem Abend, als sie aus London ankam, hat John die Violine wohl sorgfältig ausgepackt und mit einem neuen, von François Tourte gebauten Bogen ausprobiert, den er von Mr. Smart gekauft hatte.

Bevor er zu spielen begann, verschloss er die schwere Eingangstür seines Zimmers, damit niemand unbeobachtet hereinkommen konnte. Obwohl er von dem Instrument einen ganz besonderen Klang erwartete, wie er mir später erklärte, übertrafen ihre tatsächlichen Vorzüge dermaßen seine Erwartungen, dass er völlig überwältigt war.

Der Klang, der von ihr kam, in einer Fülle von solcher Tiefe und Reinheit, vermittelte den Eindruck, dass die Passagen wie Akkorde klangen oder sogar so, als würde zur gleichen Zeit eine zweite Violine gespielt.

Natürlich hatte er keine Gelegenheit gehabt, während seiner Krankheit zu üben und erwartete deshalb, dass sein Geschick mit dem Bogen etwas nachgelassen hatte; er konnte aber, ganz im Gegenteil, spüren, dass sich sein Spiel sehr verbessert hatte, und dass er mit einer Meisterhaftigkeit und einem Gefühl spielte, wie er es niemals zuvor gekannt hatte.

Während er diese Verbesserung hauptsächlich den Eigenschaften des Instruments zuschrieb, auf dem er spielte, konnte er dennoch nicht glauben, dass er durch seine Krankheit oder in irgendeiner anderen, unerklärlichen Weise, eine größere Freiheit seines Handgelenks und Flüssigkeit des Ausdrucks erlangt hatte.

Er hatte ein Schloss an dem Schränkchen anbringen lassen, indem er die Violine ursprünglich gefunden hatte. Hier verwahrte er sie auch jedes Mal nach dem Spielen auf, bevor er die äußere Tür seiner Räume öffnete.

Das Sommersemester war vorbei. Die Prüfungen kamen zu ihrer gegebenen Zeit und waren nun vorüber. Die beiden jungen Männer hatten sich den Torturen unterworfen, und während natürlich keiner von ihnen dem anderen gegenüber etwas zugab, fühlten sie doch beide, dass sie keinen Grund hatten, unzufrieden mit ihren Leistungen zu sein.

Die Ergebnisse der Prüfungen wurden nicht vor einigen weiteren Tagen erwartet.

Die letzte Nacht des Semesters war gekommen und damit auch die letzte Nacht von Johns Laufbahn in Oxford.

Es war kurz vor neun Uhr, aber immer noch hell, und das orangene Leuchten des Sonnenuntergangs war noch am Himmel. Die Luft war warm und schwül, wie an diesem ereignisreichen Abend, als er, nur ein Jahr zuvor, zum ersten Mal die Gestalt oder die Illusion von Adrian Temple gesehen hatte.

Seit dieser Zeit hatte er die *Areopagita* viele, viele Male gespielt, aber es hatte zu keiner Zeit eine solche Wiedererscheinung, noch hatte er das einst vertraute Knarren des Korbstuhls vernehmen können.

Als er so allein in seinem Raum saß und mit einer verständlichen Melancholie darüber nachdachte, dass er zum letzten Mal in seinem Studentenleben den Sonnenuntergang gesehen hatte und über die Möglichkeiten der Zukunft, wie auch über verschwendete Chancen in der Vergangenheit nachsann, kam dieser Abend im letzten Juni mit Macht in sein Gedächtnis zurück.

Er fühlte den unwiderstehlichen Drang, noch einmal die *Areopagita* zu spielen. Er schloss das ihm nun vertraute Schränkchen auf und nahm die Violine heraus. Niemals zuvor hatten sich die vorzüglichen Abstufungen der Farbe ihrer Lackierung so vorteilhaft gezeigt, wie in dem sanften, weichen Licht des zur Neige gehenden Tages.

Als er mit der *Gagliarda* begann, schaute er zum Korbstuhl hin, mehr oder weniger in der Erwartung, dort eine ihm gut bekannte Gestalt sitzen zu sehen, aber nichts dergleichen erfolgte, und er konnte die *Areopagita* beenden, ohne das Auftreten irgendeines ungewöhnlichen Phänomens.

Er war fast am Ende, als er jemand an der Außentür klopfen hörte. Er schloss eilig die Violine weg und öffnete die 'Eiche'. Es war Mr. Gaskell. Er kam unbeholfen herein, so, als wäre er nicht sicher, ob er willkommen sei.

"Johnnie", begann er und hielt dann inne.

Die Kraft uralter Gewohnheiten, mein lieber Neffe, bringt uns unbewusst dazu, diejenigen, die einst unsere Freunde waren mit ihrem gewohnten Nicknamen anzusprechen, auch noch lange, nachdem die ehemalige Vertrautheit, die dies rechtfertigte, vergangen ist. Aber manchmal benutzen wir auch ganz bewusst diesen Namen, weil wir nicht offen verkünden wollen, wie die Dinge liegen, und wir nicht länger die Freunde sind, die wir einst waren. Ich glaube, dass Letzteres der Fall war, als Mr. Gaskell den gewohnten Namen wiederholte.

"Johnnie, ich bin die New College Lane entlanggegangen und hörte die Violine durch deine offenen Fenster. Du hast die *Areopagita* gespielt, und sie klang mir so vertraut, dass ich dachte, ich müsste hochkommen. Ich störe dich doch nicht, oder?"

"Überhaupt nicht", antwortete John.

"Es ist die letzte Nacht unseres Studentenlebens, die letzte Nacht, in der wir uns in Oxford als Studierende treffen", sagte Mr. Gaskell. "Morgen verabschieden wir uns von der Jugend und werden zu Männern. Wir haben uns in diesem Semester auf jeden Fall wenig gesehen, und ich muss zugeben, dass das mein Fehler war. Lass und dennoch als Freunde auseinandergehen. Bestimmt haben wir nicht so viele Freunde, dass wir es uns leisten können, sie leichtfertig zu vertreiben."

Er streckte freimütig seine Hand aus, und seine Stimme zitterte ein wenig, als er sprach – teil aus wirklicher Rührung, aber wahrscheinlich wohl mehr in dem Gefühl einer Zurückhaltung, die ich bei Männern immer beobachtet habe, wenn sie ein Gefühl überkommt, tiefer als eines, das man in der formellen Gesellschaft als üblich erachtet.

Mein Bruder war berührt von seinem offensichtlichen Wunsch, ihre alte Freundschaft zu erneuern, und ergriff die angebotene Hand.

Es gab eine kurze Pause, dann wurde das Gespräch wieder aufgenommen, ein wenig steif am Anfang, aber danach viel freier. Sie sprachen über vielerlei, verschiedene Themen, und Mr. Gaskell beglückwünschte John zu seiner geplanten Hochzeit, von der er gehört hatte.

Als er aufstand, um zu gehen, sagte er, "du musst in letzter Zeit das Violinspiel sorgfältig geübt haben, denn ich kenne niemanden, der so schnelle Fortschritte gemacht hat, wie du. Als ich vorbeiging, wurde ich von deiner Musik in den Bann gezogen. Ich hatte niemals zuvor gehört, dass du einen so vorzüglichen Klang aus deinem Instrument herausholst; die akkordierten Takte waren so kräftig, dass ich dachte, es gäbe da noch eine andere Person, die mit dir spielt. Deine *Pressenda* ist auf jeden Fall ein besseres Instrument, als ich mir das je vorstellen konnte."

Mein Bruder war erfreut über Mr. Gaskells Kompliment, und Letzterer fuhr fort: "Gönne mir die Freude, ein letztes Mal in Oxford zu spielen; lass uns die *Areopagita* spielen.

Als er dies sagte, öffnete er das Klavier und setzte sich hin.

John drehte sich herum, um die Stradivari herauszunehmen, als er sich plötzlich daran erinnerte, dass er Mr. Gaskell gegenüber ihre Existenz niemals offengelegt hatte; wenn er dies nun täte, müsste er eine Erklärung dazu abgeben.

Von einem Moment auf den anderen veränderte sich seine Laune, und mit wenig Einfallsreichtum entschuldigte er sich, ziemlich unbeholfen, dass er der Aufforderung nicht nachkommen könne, da er müde sei.

Mr. Gaskell war offensichtlich verletzt durch das veränderte Verhalten seines Freundes. Ohne seine Bitte zu wiederholen, stand er sofort vom Klavier auf und, nach einer etwas gezwungenen Unterhaltung, ging er fort.

Beim Weggehen schüttelte er die Hand meines Bruders, wünschte ihm allen Erfolg in seiner Ehe und späterem Leben und sagte: "Vergiss deinen alten Kameraden nicht ganz und merke dir, dass du in mir immer einen treuen Freund finden wirst, solltest du ihn irgendwann einmal brauchen."

John hörte das Echo seiner Fußschritte den Weg hinunter und machte eine halb unfreiwillige Bewegung in Richtung der Tür, so, als wolle er ihn zurückrufen, aber er tat dies nicht, obwohl er über seine letzten Worte nachdachte und vielleicht auch darüber, dass sich eine spätere Gelegenheit bieten könnte.

KAPITEL X

Wir verbrachten den Sommer in Gesellschaft von Mrs. Temple und Constance, teils in Royston und teils in Worth Maltravers. John hatte wieder die Kutterjacht *Palestine* gemietet, und die ganze Gesellschaft machte mehrere Ausflüge auf ihr. Constance hatte sich völlig ihrem Liebhaber hingegeben; ihr Leben schien in das seine eingehüllt zu sein; sie schien nicht zu existieren, ausgenommen in seiner Gegenwart.

Ich kann hier kaum die Gründe aufzählen, die solcherlei Gedanken ausgelöst haben, aber während dieser Monate hatte ich mich manchmal gewundert, ob John ihre Zuneigung so leidenschaftlich erwidert hat, wie ich wusste, dass es einmal der Fall war. Ich kann mir aber keinen einzigen Umstand mit Bestimmtheit ins Gedächtnis rufen, der solch einen Verdacht bestätigen würde.

Er erfüllte peinlich genau alle diese kleinen Handlungen der Zuneigung, die von einem wirklichen Liebhaber erwartet werden; er schien Gefallen daran zu haben, jegliche Planung von Vergnügen für sie zu perfektionieren; und dennoch wuchs in meinen Gedanken der Eindruck, dass er nicht länger diese von ganzem Herzen kommende Liebe fühlte, wie es umgekehrt der Fall war, und die er selbst sechs Monate zuvor gezeigt hatte.

Ich kann dir nicht sagen, lieber Edward, wie lebhaft der Kummer in mir war, den nur der Verdacht auf eine solche Veränderung in mir ausgelöst hatte.

Ich rügte mich selbst, auch nur für einen Moment einen so unwürdigen Gedanken in mir zu tragen, und verbannte ihn missbilligend aus meinem Kopf.

Leider! – bevor noch viel Zeit vergangen war, konnte ich es aber wieder fühlen.

Wir hatten alle die Stradivari-Violine gesehen; in der Tat war es unmöglich für meinen Bruder gewesen, sie noch länger vor uns zu verheimlichen, da er nunmehr fortwährend auf ihr spielte.

Er erzählte uns nicht die Geschichte von ihrer Entdeckung und gab sich damit zufrieden, uns zu sagen, dass sie in Oxford in seinen Besitz gelangt ist. Wir haben natürlich angenommen, dass er sie gekauft hatte.

Ich bedauerte das, da ich befürchtete, dass Mr. Thoresby, sein Vormund, der ihm einige Jahre zuvor mit der *Pressenda* eine ausgezeichnete Violine gegeben hatte, gekränkt sein könnte, wenn er sieht, wie sein Geschenk so kurzerhand zu Seite gelegt worden ist.

Keiner von uns war in irgendeiner Weise eng mit den Launen der Sammler von Streichinstrumenten vertraut, und wir waren deshalb völlig ahnungslos, was den enormen Wert anbelangt, mit dem die Branche ein so hervorragendes Instrument verbindet.

Selbst wenn man uns gesagt hätte, dass John die Violine gekauft hat, denke ich nicht, dass wir überrascht gewesen wären, denn er war vor Kurzem volljährig geworden und damit in den Besitz eines so großen Vermögens gekommen, das ihm ohne Weiteres einen solchen Luxus ermöglichte, wenn er solch einen Wunsch befriedigen wollte.

Die wundervollen, musikalischen Qualitäten des Instruments konnten jedoch niemandem verborgen bleiben. Sein üppiger und melodischer Klang würde selbst vom unmusikalischsten Ohr gewürdigt werden und war Gegenstand fortwährender Kommentare.

Ich bemerkte auch, dass sich die Kenntnisse meines Bruders über die Violine in einer sehr spürbaren Weise verbessert hatten, da es unmöglich war, die Schönheit und die Kraft seiner jetzigen Darbietungen gänzlich dem Instrument zuzuschreiben, das er benutzte.

Er erschien, mehr als jemals zuvor, der Kunst zugeneigt zu sein, und hatte sich für zwei oder mehr Stunden alleine in seinem Raum eingeschlossen, um auf der Violine zu spielen – eine Angewohnheit, die eine Quelle der Sorgen für Constance war, da er ihr nie gestattete, bei diesen Gelegenheiten bei ihm zu sitzen, wie sie es naturgemäß gewünscht hatte.

Der Sommer flog dahin. Ich hätte erwähnen sollen, dass im Juli, nachdem sie ihre mündliche Prüfung hinter sich gebracht hatten, beide, Mr. Gaskell und John, die Nachricht bekamen, dass sie die höchste Auszeichnung erhalten hatten. Die jungen Männer, so schien es, hatten sich ganz hervorragend geschlagen, und beide hatten sich einen Platz in der beneideten Kategorie der höchsten Einstufung gesichert, die man 'über dem Strich' nannte.

Der Erfolg von John war für uns eine große Freude und gegenseitige Glückwünsche wurden offenherzig ausgetauscht. Wir waren auch über die hohe Einstufung von Mr. Gaskell erfreut und erinnerten uns an die Güte, die er uns gegenüber gezeigt hatte, als wir im vorhergehenden Jahr in Oxford waren.

Ich hatte den Wunsch, ihm meine Komplimente und Glückwünsche zu schicken, wenn wir ihm das nächste Mal schreiben würden, und hatte keinen Zweifel, dass mein Bruder die Glückwünsche von Mr. Gaskell erwidern würde, die er bereits erhalten hatte. Er sagte aber, dass sein Freund keine Adresse hinterlassen hätte, an die er schreiben könne, und die Angelegenheit wurde fallen gelassen.

Am 1. September heirateten John und Constance Temple.

Die Hochzeit fand in Royston statt, und auf ausdrücklichen Wunsch von John (dem Constance voll zustimmte), war die Zeremonie rein privater und schlichter Natur. Das neuverheiratete Paar hatte beschlossen, ihre Flitterwochen in Italien zu verbringen, und sie machten sich am Vormittag auf den Weg.

Mrs. Temple lud mich ein, zuerst einmal mit ihr in Royston zu bleiben, was ich mit Freude tat, da ich den Verlust meines Bruders so tief in mir gefühlt hatte. Ich schaute mit Betroffenheit auf die kommenden sechs Wochen der Einsamkeit, die vergehen mussten, bis ich ihn, und auch meine liebste Constance, wiedersehen konnte.

Vierzehn Tage später erhielten wir Nachricht von unseren Reisenden und hörten von dann von ihnen in kurzen Abständen.

Constance schrieb in bester Laune und mit der höchsten Wertschätzung. Sie hatte niemals die Schweiz oder Italien besucht, und alles war eine verzaubernde Geschichte für sie. Sie sind durch Basel und Luzern gereist und verbrachten einige Tage an diesen herrlichen Orten. Danach ging es über den Simplon Pass weiter nach Lugano und die italienisch-schweizerischen Seen. Schließlich hörten wir, dass sie sich, weiter als vorgesehen, nach Süden bewegt hatten. Sie hatten Rom erreicht und hatten die Absicht, nach Neapel zu gehen.

In den dann folgenden Wochen hatte niemand von uns weitere Briefe von John erhalten. Es war immer nur Constance gewesen, die geschrieben hatte, und auch ihre Briefe wurden viel spärlicher, als es anfangs der Fall gewesen war. Das war vielleicht sogar natürlich, da die Reisetätigkeit, ohne Zweifel, ihre Gedanken beanspruchte.

Aber nach kurzer Zeit bemerkten wir beide, dass die Briefe unseres geliebten Mädchens eingeschränkter und formeller als zuvor waren. Es war jetzt wohl so, dass sie es mehr als eine Pflichtaufgabe angesehen hatte, zu schreiben, als einer unbeschwerten Fröhlichkeit und naiver Freude Luft zu verschaffen, die in jeder ihrer Zeilen ihrer früheren Konversation atmeten – so erschien es uns wenigstens. Wieder kam mir der alte Verdacht in den Sinn, und ich befürchtete, dass alles nicht so war, wie es sein sollte.

Neapel sollte der Wendepunkt ihrer Reise sein, und wir erwarteten sie zum Ende des Oktobers in England zurück.

Jedoch, der November war gekommen, und wir hatten immer noch keine Ahnung, ob ihre Rückreise begonnen hatte oder gar schon entschieden wurde.

Von John gab es kein Wort, und Constance schrieb noch weniger als zuvor. John, sagte sie, war hingerissen von Neapel und seiner Umgebung; sie sagte auch, dass er viel von seiner Zeit der Violine gewidmet hatte.

Obwohl sie nicht gesagt hatte, was sie damit meint, wusste ich sofort, dass sie oft alleingelassen wurde. Was sie selbst anbelangte, dachte sie nicht, dass ein dauerhaftes Wohnen in Italien ihrer Gesundheit zuträglich wäre; die plötzlichen Temperaturunterschiede strengten sie an, und die Leute sagten, dass die Luft, die abends aus der Bucht kommt, ungesund wäre.

Dann erhielten wir einen Brief von ihr, der uns alarmierte.

Er wurde in Neapel am 25. Oktober geschrieben. John, sagte sie, hatte sich in letzter Zeit mit Nervosität und Schlaflosigkeit herumgeplagt.

Am Mittwoch, zwei Tage vor dem Datum des Briefes, hatte er den ganzen Tag unter einer seltsamen Ruhelosigkeit gelitten, die sich noch verstärkte hatte, bevor sie sich für den Abend zurückgezogen hatten.

Da er nicht schlafen konnte, hatte er sich wieder angezogen. Er sagte ihr, dass er in der nächtlichen Luft etwas spazieren gehen würde, um sich wieder zu sammeln. Erst um sechs Uhr am Morgen kam er wieder zurück, lebensgefährlich bleich und anscheinend so erschöpft, dass sie darauf bestand, dass er im Bett bleiben würde, bis sie einen medizinischen Ratschlag einholen konnte.

Die Ärzte befürchteten, dass er einen Anfall einer seltenen Form von Malaria hätte, und sagten, dass er viel Pflege brauche. Unsere Aufregung wurde – zumindest zeitweise – gemildert, als wir später Kunde davon erhielten, die von Johns Erholung sprach, aber der November war fast rum, ohne dass uns die Erwähnung eines festen Datums für ihre Rückreise erreicht hatte.

Dieser Monat ist immer ein trostloser im Land, wie ich denke. Er hat weder die brillanten Farben des Oktobers, noch die gemütliche Ausgelassenheit im tiefen Winter, mit seinen Weihnachtsfreuden, die ihn abmildern.

Dieses Jahr war er noch düsterer als gewöhnlich. Unaufhörlicher Regen hatte sein Ende markiert, und der Roy, ein kleiner Bach, der um die Gärten herumging, nicht weit entfernt vom Haus, war auf ungewöhnliche Ausmaße angewachsen.

Schließlich, in einer wilden Nacht, war er so weit angestiegen, dass er die Gartenterrassen vollkommen überflutet hatte. Er hatte die Parterres verwüstet und den Rasen mit einer dicken Schlammschicht bedeckt.

Vielleicht hatte sich diese Düsterheit im äußeren Erscheinungsbild der Natur, wie eine Art von Befürchtungen in unsere Empfindungen eingeprägt. Deshalb war es eine große Erleichterung, als wir früh im Dezember einen Brief aus Laon in Frankreich erhielten. Dieser besagte, dass unsere Reisenden bei ihrer Rückreise schon weit gekommen waren und, eine Woche nach Erhalt dieser Benachrichtigung, wieder in England sein würden.

Es war, wie gewöhnlich, Constance, die geschrieben hatte. John bat darum, sagte sie, dass das Weihnachtsfest auf Worth Maltravers verbracht werden sollte, und wir sollten sofort dort hingehen, um zu sehen, dass vor ihrer Rückkehr alles in Ordnung war. Sie erreichten Worth ungefähr in der Mitte des Monats und wurden, was ich eigentlich nicht erwähnen muss, mit der größten Warmherzigkeit von Mrs. Temple und mir empfangen.

Auf unsere Fragen hin erklärte John, dass seine Gesundheit vollständig wiederhergestellt sei. Obwohl wir in der Tat keine anderen Anzeichen einer besonderen Schwäche entdecken konnten, waren wir doch sehr erschrocken über sein verändertes Erscheinungsbild.

Er hatte seine alte, gesunde und sonnengebräunte Gesichtsfarbe völlig verloren, und sein Gesicht, obgleich nicht dünn oder eingefallen, war seltsam bleich. Constance versicherte uns, dass er, nach der Nacht seines Anfalls in Neapel, niemals mehr seine alte Farbe zurückbekam, obwohl er sich in anderer Hinsicht offensichtlich erholt hatte.

Ich stellte bald fest, dass ihre eigene Stimmung nicht so glücklich schien, wie es gewöhnlich der Fall war. Sie machte auch keine Anstrengungen, den anderen von den Ereignissen auf der Reise zu erzählen, was gewöhnlich bei denjenigen der Fall ist, die erst kürzlich von einer langen Fahrt zurückgekehrt sind.

Es war – leider! – nicht schwer gewesen, den Grund für diese Depression zu entdecken, da es so schien, dass Johns Zerstreutheit und Launenhaftigkeit mit verstärkter Kraft zurückgekommen waren.

Es war eine Quelle von unendlichem Schmerz für Mrs. Temple, und vielleicht noch mehr für mich, den traurigen Zustand dieser Dinge zu betrachten. Constance beschwerte sich nie, und ihre Zuneigung zu ihrem Ehemann schien angesichts dieser Schwierigkeiten nur größer zu werden. Dennoch war diese eine Angelegenheit, die nicht vor den besorgten Augen einer Verwandten versteckt werden konnte. Ich glaube, dass es uns bewusst wurde, wie sehr sich diese veränderten Umstände unseren eigenen Beobachtungen aufdrängten, und dass dies den Kummer meiner Schwägerin verstärkte.

Obwohl er sie nicht spürbar vernachlässigte, hatte mein Bruder offensichtlich damit aufgehört, Freude an ihrer Gesellschaft zu haben, die man immerhin mit Recht erwarten konnte, im Hinblick auf eine erst kürzliche Hochzeit und tausendfach mehr, wenn seine Frau ein so liebendes und wunderschönes Geschöpf ist, wie Constance Temple.

Er tauchte kaum mehr auf, ausgenommen zu den Mahlzeiten und dann auch nicht immer regelmäßig zum Mittagessen. Er schloss sich für die meiste Zeit im kleinen Wohnzimmer ein oder beschäftigte sich mit dem Studium oder Spielen der Violine.

Es war vergeblich gewesen, ihn wenigstens über die Musik in eine bessere Stimmung zurückzuholen. Wieder und wieder hatte ich ihn gebeten, ihn am Klavier begleiten zu können, aber er hat dies nie zugelassen und mich immer mit irgendwelchen Entschuldigungen abgewiesen.

Selbst wenn er am Abend bei uns saß, sprach er wenig und beschäftigte sich die meiste Zeit mit Lesen. Seine Bücher waren fast alle in Griechisch oder Latein, sodass ich nichts über die Themen oder den Inhalt seiner Studien sagen kann. Er war aber zufrieden, wenn entweder Constance oder ich, allein am Klavier spielten und sagte, dass die Melodie ihn nicht stören, sondern ihm eher helfen würde, das zu genießen, was er las.

Constance bat mich bei diesen Gelegenheiten immer, den Platz am Instrument einnehmen zu dürfen. Dann spielte sie oft stundenlang für ihn, ohne dafür ein Wort des Dankes zu bekommen, immer bestrebt ihm, selbst in dieser nicht auf Gegenseitigkeit beruhenden Weise, ihre Liebe und Zuneigung zu bekunden.

Der Weihnachtstag, gewöhnlich ein so glücklicher Moment, brachte keine Erleichterung in unserer düsteren Stimmung.

Die Zurückhaltung meines Bruders steigerte sich ständig, und selbst seine am längsten etablierten Gewohnheiten, schienen sich verändert zu haben.

Einst hatte er stets auf seine religiösen Pflichten geachtet, nahm an den Gottesdiensten mit der höchstmöglichen Regelmäßigkeit teil, wie auch immer das Wetter war, und sagte, dass es die Pflicht eines Gutsbesitzers sei, die er, genau wie gegenüber seinen Pächtern, auch sich selbst schuldet, um in dieser Hinsicht ein gutes Beispiel abzugeben.

Seit unseren frühesten Tagen sind wir an den Sonntagen, morgens und abends, in die kleine Kirche von Worth gegangen. Wie saßen zusammen in der Kapelle der Maltravers, wo zuvor so viele mit unserem Namen gesessen hatten. Hier standen ihre Denkmäler und Leistungen Seite an Seite um uns herum, und es erschien mir immer so, dass wir mit ihren Namen und ihrem Land auch die Verpflichtung übernommen hatten, die frommen Handlungen fortzuführen, in deren Ausübungen so viele von ihnen gelebt haben und gestorben sind.

Aus diesem Grund war es eine Überraschung und ein Grund für großen Kummer, als mein Bruder, am Sonntag nach seiner Rückkehr, alle religiösen Pflichten ausgelassen hatte und nicht in die Gemeindekirche ging.

Er war beim Frühstück nicht unter uns und hatte Kaffee und Brötchen bestellt, die zu seinem privaten Wohnzimmer gebracht werden sollten.

Zu der Stunde, in der wir uns gewöhnlich zur Kirche aufmachten, ging ich zu seinem Zimmer, um ihm zu sagen, dass wir alle angezogen sind und auf ihn warten. Ich klopfte an der Tür, aber als ich eintreten wollte, fand ich sie verschlossen vor. Er öffnete sie nicht einmal, als er mir antwortete, und bat uns lediglich, zur Kirche hinzugehen, und sagte, dass er möglicherweise nachkommen würde.

Wir gingen folglich alleine, und ich saß später aufgeregt auf meinem Platz, mit den Augen auf die Tür gerichtet – hoffend gegen alle Hoffnung – dass jeder Zuspätkommende John sein würde, aber er kam nicht.

Vielleicht wird es Dir, lieber Edward, als ein vergleichsweise unbedeutender Umstand vorkommen (ich hoffe aber, dass es nicht so ist), aber ich versichere dir, dass er Tränen in meine Augen brachte.

Als wir in der Kapelle der Maltravers saßen und darüber nachdachten, dass mein lieber Bruder zum ersten Mal ganz offen seine Bequemlichkeit oder seine Launen, seinen Verpflichtungen vorgezogen hatte und absichtlich vernachlässigte, in das Haus Gottes zu gehen, fühlte ich einen bitteren Schmerz, der in meine Kehle hochzusteigen schien und mich würgte.

Ich konnte weder über die Bedeutung des Gebets nachdenken, noch konnte ich mich am Singen beteiligen, und die ganze Zeit über, als Mr. Butler, unser Pfarrer, predigte, rann mir ein Vers eines kleinen, poetischen Stücks durch den Kopf, den ich als kleines Mädchen gelernt hatte:

'Wie leicht sind die Pfade des Übels;
Wie steil und hart die Wege nach oben;
Ein Kind kann die Steine den Hügel herunterrollen;
Die den Arm eines Riesen brechen, wenn er sie anhebt.'

Es erschien mir so, dass der von uns allen Geliebte seinen Fuß auf den hinunterführenden Abhang gesetzt hatte, und dass selbst die Bemühungen von all denjenigen, die ihr Leben geben würden, ihn zu retten, ihn nicht zurückhalten konnten.

Am Weihnachtstag war es noch schlimmer. Immer, seit wir konfirmiert wurden, hatten John und ich an diesem glücklichen Tag das Sakrament empfangen, und nach dem Gottesdienst hatte er die milden Gaben der Familie Maltravers in der Kapelle verteilt.

Es werden an diesem Tag, wie du weißt, jedem von zwölf alten Männern fünf Pfund gegeben und ein grüner Mantel. Die gleiche Summe von Geld, sowie ein blaues Stoffkleid, geht an genauso viele alte Frauen. Diese Kleidungsstücke werden auf die Altartumba von Sir Esmoun de Maltravers gelegt, und wurden in dieser Weise, seit unendlichen Zeiten, durch das Oberhaupt unseres Hauses verteilt.

Seit er zwölf Jahre alt war, konnte ich stolz darauf sein, meinem stattlichen Bruder bei dieser noblen Tat zuzusehen und die gütigen Worte zu hören, die er bei jedem Geschenk sprach. Leider, leider!, war es an diesem Weihnachtstag alles anders. Selbst an diesem heiligen Tag näherte sich mein Bruder weder dem Altar noch dem Haus Gottes.

Bis zu diesem Zeitpunkt ist es mir immer so vorgekommen, dass es ein Tag war, der uns von oben geschenkt wurde, und dass wir, obwohl wir auf der Erde waren, einen kurzen Blick auf diese Ruhe und friedliche Liebe haben würden, die später unsere Tage im Himmel vergolden.

Dann werden die habgierigen Männer ihre Gier beiseitelegen und die Feinde ihren Hass, dann werden warme Herzen noch wärmer werden und die Christen fühlen ihre gemeinsame Bruderschaft.

Ich kann mir kaum einen Mann vorstellen, so verloren oder schuldig, dass er an diesem Tag nicht das Verlangen verspürt, wieder zum Guten zurückzukehren und der keine, noch so entfernte Möglichkeit für ein besseres Leben erkennen würde.

Es waren Gedanken, frei und glücklich wie diese, die einstmals in mein Herz kamen, während des Gottesdienstes am Weihnachtstag und besonders mit den vertrauten Worten verbunden waren, die wir alle so lieben.

Aber an diesem Tag waren all die Wohlklänge misstönend. Es schien, als würde ein teuflischer Geist bösartige Gedanken in mein Ohr schütten, und sogar als die Kinder sangen 'Hört die Engelsboten singen', dachte ich, dass ich, durch alles hindurch, eine Melodie hörte, gegen die ich eine solche Abneigung entwickelt hatte: die *Gagliarda* aus der 'Areopagita'.

Arme Constance! Obwohl ein Schleier ihr Gesicht verdeckte, konnte ich ihre Tränen sehen, und ich wusste, dass ihre Gedanken trauriger sein mussten, als meine. Ich zog ihre Hand zu mir hin und hielt sie fest, wie ich es bei einem Kind gemacht hätte.

Als der Gottesdienst vorüber war, erwartete uns eine neue Prüfung. John hatte keine Vorkehrungen für die Verteilung der milden Gaben getroffen. Die Mäntel und Kleider waren alle auf Sir Esmouns Grabstätte bereitgelegt, und dort lagen auch die kleinen Lederbeutel mit dem Geld, aber es gab niemanden, der sie verschenken würde.

Mr. Butler schaute verwirrt drein, und, als er zu uns kam, sagte er, dass er befürchte, Sir John sei krank – aber hatte er keine Vorkehrungen für die Verteilung getroffen?

Stolz hielt ich die Tränen zurück, die sich schnell ankündigten. Ich sagte, mein Bruder fühle sich wirklich unwohl. Es wäre besser, dass Mr. Butler die milden Gaben verteilt, und mein Bruder selbst die Empfänger im Verlaufe der nächsten Woche besuchen würde.

Dann eilten wir weg und wagten nicht, bei der Verteilung der Gaben zuzusehen, im Falle, dass wir nicht mehr länger in der Lage sein würden, unsere Gefühle zu beherrschen und unsere Aufregung dann nicht mehr verbergen konnten.

Wir versuchten auch nicht weiter, unseren Kummer untereinander zu verheimlichen.

Es schien so, dass wir alle miteinander beschlossen hatten, die Farce zu beenden, was das angebliche Nichtbemerken von Johns Entfremdung von seiner Frau betraf, oder das Wegdiskutieren der nachlässigen und unerklärlichen Behandlung seiner Frau.

Ich glaube nicht, dass drei bedauernswerte Frauen am Weihnachtstag jemals so traurig waren, wie wir, als wir aus der Kirche zurückkehrten. Keiner von uns hatte meinen Bruder gesehen, aber um fünf Uhr am Nachmittag ging Constance zu seinem Zimmer, und durch die verschlossene Tür bettelte sie, mitleiderregend, ihn sehen zu dürfen. Nach ein paar Minuten kam er ihrem Wunsch nach und öffnete die Tür. Sie hat mir gegenüber nie die Umstände dieses Gesprächs offengelegt, aber ich sah an ihrem Verhalten, dass sie irgendetwas, das sie gesehen oder gehört hatte, sowohl bekümmerte, als auch entsetzte.

Sie sagte mir, dass sie sich in Leid und voller Tränen vor seine Füße geworfen hat. Als sie dort kniete, abgekämpft und mit gebrochenem Herzen, hatte sie ihn angebettelt, ihr zu sagen, was sie falsch gemacht hätte, und betete darum, ihr seine Liebe zurückzugeben.

Auf all dies gab er wenig Antworten, aber ihr Flehen hatte wenigstens dazu geführt, ihn zu veranlassen, das Abendessen gemeinsam mit uns einzunehmen.

Während des Essens versuchten wir unsere Schwermut zu vergessen. Mit gespieltem Lächeln, fröhlichen Stimmen und kaum getrockneten Tränen, hielten wir die lustlose

Verstellung einer Unterhaltung aufrecht und versuchten seine üble Laune zu vertreiben.

Er sprach aber wenig, und als Foster, der Butler meines Vaters, den dreihenkligen Maltravers-Pokal auf den Tisch stellte, den er seit dreißig Jahren, Weihnachten für Weihnachten, hervorholte, reichte ihn mein Bruder nur weiter, ohne davon zu probieren. Ich sah an Fosters Gesicht, dass die Krankheit seines Herrn nicht länger ein Geheimnis war, selbst unter den Dienern.

Ich will, lieber Edward, weder meine eigenen Gefühle, noch die deinen, mit weiteren Einzelheiten über deines Vaters Krankheit beunruhigen, da sein Unwohlsein so offensichtlich war.

Es war das einzige, traurige Trostpflaster, das wir Constance geben konnten, um sie davon zu überzeugen, dass Johns Entfremdung von ihr lediglich das Ergebnis des Auftretens irgendeiner körperlichen Schwäche war.

Es wurde offensichtlich von Woche zu Woche schlimmer mit ihm, und der Umgang mit seiner Frau wurde kälter und gefühlloser.

Wir hatten alle Anstrengungen unternommen, um ihn zu einer Luftveränderung zu überreden. Er könnte für einen Monat nach Royston gehen und sich einer Behandlung von Dr. Dobie unterziehen. Mrs. Temple war sogar so weit gegangen und hatte dem Mediziner einen privaten Brief geschrieben, in dem sie ihm alles, was wichtig war, über diesen Fall mitteilte und um seinen Rat bat.

In Unkenntnis der dunkleren Seiten der Leiden meines Bruders, antwortete Dr. Dobie etwas entspannter, als uns lieb war, empfahl jedoch unter allen Umständen eine komplette Veränderung der Luft und des Ortes.

Deshalb hörten wir es, keineswegs nur mit alltäglicher Freude und Erleichterung, als mein Bruder eines Tages im Monat März, ziemlich unerwartet die Absicht verkündete, dass er sich entschlossen hatte, einen Wechsel vorzunehmen.

Er wollte ziemlich bald zum Kontinent aufbrechen, nahm seinen Kammerdiener Parnham mit und verließ Worth eines Morgens, noch vor dem Mittagessen.

Er ging, ohne große Worte des Abschieds, obgleich er Constance mit einer offensichtlichen Zärtlichkeit küsste. Es war das erste Mal in drei Monaten, so gestand sie mir danach, dass er ihr gegenüber ein eigentlich so normales Zeichen der Zuneigung gezeigt hatte.

Ihr verwundetes Herz sammelte das ein, von dem sie glaubte, ein Zeichen wiederkehrender Liebe zu sein.

Er hatte nicht vorgeschlagen, sie mitzunehmen, aber selbst wenn er dies getan hätte, wären wir abgeneigt gewesen, dem zuzustimmen, da die Anzeichen nicht verschwinden wollten, die uns sagten, dass es unvorsichtig von ihr gewesen wäre, zu dieser Zeit eine Auslandsreise zu unternehmen.

Fast einen ganzen Monat lang hörten wir nichts von ihm. Dann schrieb er eine kurze Nachricht an Constance aus Neapel. Er teilte darin keine Neuigkeiten mit und sprach nur spärlich über sich selbst. Er erwähnte jedoch eine Adresse, an die sie schreiben könne, wenn sie es wollte, die Villa de Angelis in Posilipo, einem Stadtteil von Neapel.

Obwohl dieser Brief kalt und leer war, war Constance dennoch erfreut, ihn erhalten zu haben. Sie schrieb von da an fast jeden Tag, schüttete ihm ihr Herz aus und übermittelte ihm Nachrichten, von denen sie glaubte, dass sie ihn aufheitern würden.

Ansicht von Neapel, Blick auf die Bucht und den Vesuv

KAPITEL XI

Einen Monat später schrieb Mrs. Temple an John und alarmierte ihn über den Zustand, in dem sich Constance nun befand. Sie bat ihn, zumindest für einige Wochen zurückzukommen, damit er in der Zeit ihrer erwarteten Niederkunft anwesend sein kann. Obwohl es in höchstem Maße lieblos wäre, sogar unmenschlich, wenn eine solche Bitte abgelehnt werden sollte, muss ich doch gestehen, dass die von meinem Bruder in jüngster Vergangenheit gezeigte Seltsamkeit, mich auf ein solches Benehmen vorbereitet hatte, wie unkultiviert es auch sein mag.

Ich hatte ein großes Gefühl der Erleichterung, als ich ein wenig später von Mrs. Temple hörte, dass sie eine Mitteilung von John erhalten hatte. Er teilte darin mit, dass er sich bereits auf der Rückreise befindet. Ich denke, dass Mrs. Temple sich genauso gefühlt hat, wie ich, obwohl sie nichts sagte.

Als er zurückkam, waren wir alle in Royston, wohin Mrs. Temple Constance gebracht hatte, um unter Dr. Dobies Aufsicht zu stehen.

Wir fanden, dass sich Johns Aussehen weiter zum Schlechteren gewandelt hatte. Seine Blässe war so auffällig, wie zuvor, und er war sichtbar dünner geworden. Seine mentale Abwesenheit und Launenhaftigkeit schienen, wenn überhaupt, kaum nachgelassen zu haben.

Zuerst grüßte er Constance freundlich oder sogar liebevoll.

Sie war in einem schrecklichen Angstzustand, da sie nicht wusste, welche Haltung er ihr gegenüber einnehmen würde, und diese mentale Beanspruchung hatte eine nachteilige Wirkung auf ihre körperliche Verfassung.

Seine Güte, die lediglich einer ganz normal zu erwartenden Weise entsprach, erschien für sie, in ihrem sehnsüchtigen Verlangen, wie ein Wunder demütiger Liebe. Sie gab sich dem Glauben hin, dass seine Zuneigung ihr gegenüber, die einst so ernsthaft war, wirklich zurückgekommen ist. Aber ich bin betrübt zu sagen, dass dieses Verhalten nicht lange andauerte.

Kurz danach fiel er wieder in eine Haltung völliger Gleichgültigkeit zurück.

Es schien so, dass sein wirklicher, wahrer, ehrlicher und liebender Charakter sich ein letztes Mal aufgebäumt hatte – so, als hätte er für einen Moment die harte, selbstsüchtige Kruste durchbrochen, die sich um ihn herum gebildet hatte. Aber der vernichtende Einfluss auf ihn erwies sich offensichtlich als zu stark für ihn und band seine Ketten wieder an ihm fest, mit einem Gewicht, stärker als zuvor.

Es gab da irgendeinen bösartigen Einfluss, mental oder körperlich, der an ihm nagte. Niemand der ihn von früher kannte, hätte daran, nicht einmal für einen kurzen Moment, gezweifelt. Aber während Mrs. Temple und ich dies ohne Weiteres erkannten, waren wir, im Hinblick auf die Natur der Sache, völlig außerstande eine Vermutung zu äußern.

Es ist wahr, dass Mrs. Temple in ihrer Fantasie glaubte, dass Constance irgendeine Rivalin bezüglich seiner Zuneigung hatte. Das aber lehnten wir sofort als Theorie ab, fast noch bevor sie vorgebracht wurde. Wir fühlten, dass es ziemlich unwahrscheinlich war. Denn, sollte dies den Tatsachen entsprechen, wären wir bezüglich der Umstände, die zu einer solchen Situation geführt hätten, nicht völlig im Unklaren geblieben.

Es war dieses unerklärbare Auftreten des Elends meines Bruders, das uns unermessliches Leid bescherte. Wenn wir nur die Ursache gekannt hätten, wäre es vielleicht möglich gewesen, es zu bekämpfen. Aber so, wie es war, kämpften wir im Dunkeln, wie gegen einen Feind, der uns aus einer Finsternis heraus angreift, die so dicht ist, dass wir seine Gestalt nicht erkennen können.

Wir wussten also nichts über irgendein mentales Problem, noch konnten wir sagen, dass mein Bruder an einem bestimmten körperlichen Leiden litt, ausgenommen, dass er immer dünner wurde.

Deine Geburt, mein lieber Edward, erfolgte kurz danach. Deine arme Mutter erholte sich nach ungewöhnlich kurzer Zeit und war völlig verzückt über die neue Kostbarkeit, die ihr als Trost für ihre Leiden geschenkt wurde. Dein Vater zeigte in dieser Hinsicht wenig Interesse, obwohl er am Abend für fast eine halbe Stunde mit ihr zusammengesessen hatte. Er gestattete ihr sogar, sein Haar zu streicheln und ihn zu liebkosen, wie in lang vergangenen Zeiten.

Obwohl es nunmehr mitten im Sommer war, verließ er selten das Haus, saß viel in seinem eigenen Raum herum und schlief auch dort, wo ein Feldbett für ihn bereitstand, und beschäftigte sich fortwährend mit seiner Violine.

Eines Abends, nahe dem Ende des Monats Juli, saßen wir nach dem Abendessen im Wohnzimmer in Royston. Wir hatten die zum Rasen hin gehenden Terrassentüren geöffnet, da es noch immer erdrückend warm war. Obschon die Dinge, wie zuvor, unverändert ihren Lauf nahmen, waren wir nicht so niedergeschlagen wie sonst, denn John hatte an diesem Abend das Nachtmahl mit uns eingenommen. Das war ein Umstand – endlich! – der ziemlich ungewöhnlich war, denn fast alle seine Mahlzeiten wurden ihm in seinen Räumen serviert.

Constance, die wieder nach unten gekommen war, setzte sich ans Klavier und spielte für kurze Zeit Melodien von Scarlatti und Bach, deren altmodische Musikstücke, wie sie wusste, ihrem Mann am meisten gefiel. Spätere Auffassungen, wie Du weißt, haben das Spielen dieser Komponisten wiederbelebt, aber zu der Zeit, über die ich schreibe, waren ihre Werke allgemein nicht so bekannt gewesen.

Obwohl sie mehr war, als nur eine passable Musikerin, hatte er ihr nicht erlaubt, sie zu begleiten. In der Tat war es so, dass er nie vor uns auf der Violine gespielt hat, und er beschränkte seine Übungen ausschließlich auf sein eigenes Zimmer.

Es gab eine Unterbrechung der musikalischen Darbietung, während der Kaffee serviert wurde. Mein Bruder hatte, während seine Frau spielte, in einem Lehnsessel Platz genommen und las in klassischen Werken, ohne von uns groß Notiz zu nehmen. Nach einer Weile aber, legte er sein Buch zur Seite und sagte: "Constance, willst du mich begleiten, ich hole meine Violine und spiele für eine kleine Weile?"

Ich kann nicht sagen, wie uns diese Worte erstaunt hatten. Es war eine so einfache Sache für ihn, das zu sagen, und trotzdem erfüllte sie uns mit unaussprechlicher Freude.

Wir verbargen unsere Erregung, bis er den Raum verlassen hatte, um sein Instrument zu holen. Dann zeigte Constance, wie hocherfreut sie war, indem sie zuerst ihre Mutter küsste, und dann mich. Dabei drückte sie meine Hand, sagte aber nichts.

Kurz darauf kam er zurück und brachte seine Violine und das Musikbuch. Wegen des verschmutzten, gewellten Buchdeckels und der Form, hatte ich sofort erkannt, dass es das Buch war, das die *Areopagita* enthielt.

Ich hatte es seit zwei Jahren nicht gesehen und gar nicht bemerkt, dass es im Haus war; aber ich wusste sofort, dass er die Absicht hatte, diese Suite zu spielen. Ich fühlte eine grundlose, aber dennoch tiefe Abneigung gegenüber diesen Melodien. Im Moment aber hätte ich wärmstens diese oder irgendeine andere Musik willkommen geheißen, nur damit er sich wieder einmal in seinen Gedanken um seine Frau kümmert.

Er legte das Buch, das an der Stelle der *Areopagita* geöffnet war, auf die Ablage am Klavier. Sie hatte die Musik niemals zuvor gesehen, obwohl ich glaube, dass ihr die Melodie nicht unbekannt war, da sie diese gehört hatte, wie er sie für sich selbst spielte – und einmal gehört, war es nicht leicht wieder vergessen.

Er begann mit der Suite der *Areopagita,* und zunächst ging alles gut. Der Klang der Violine und auch, wie ich ohne übermäßige Voreingenommenheit sagen kann, die Darbietung meines Bruders, waren so prachtvoll, dass wir, obwohl unsere Gedanken woanders weilten, als die Musik begann, innerhalb von Sekunden in die Melodie vertieft waren, und wir saßen wie verzaubert da.

Es war so, als würde die Violine plötzlich mit Leben erfüllt und zu uns, in einer geheimnisvollen Sprache, singt, tiefer und bedrohlicher als irgendeine menschliche Stimme. Constance war vergleichsweise ungeübt in der Gestaltung des *basso continuo* und hatte einige Schwierigkeiten, ihn korrekt zu lesen, speziell in Handschrift.

Sie war in der Lage, alle Schwierigkeiten zu verdecken, die sie gehabt haben könnte, bis sie zu der *Gagliarda* kamen.

Sie hatte mir gestanden, dass ihre Gedanken, gegen ihren Willen, umhergewandert seien und ihre Aufmerksamkeit war zu stark auf das Spiel ihres Gatten gerichtet, als dass sie ihr eigenes überwachen konnte. Sie machte erst einen kleinen Fehler und wurde dann immer nervöser.

Plötzlich hielt John inne und sagte in einem brüskierenden Ton: "Lass Sophy spielen, mit dir kann ich meinen Takt nicht halten!"

Arme Constance! Mir schossen die Tränen in die Augen, als ich ihn so gedankenlos über sie sprechen hörte. Ich war fast so provoziert worden, um ihn offen zurechtzuweisen. Sie war immer noch schwach und kaum erholt von ihrer kürzlichen Schwäche, ihre Nerven waren angespannt von dem ungewöhnlichen Vergnügen, das sie empfand, als sie wieder einmal mit ihrem Mann spielte. Und dieses plötzliche Zerschmettern ihrer Hoffnungen auf eine erneute Zärtlichkeit erwies sich als schwerwiegender, als das, was sie aushalten konnte. Sie nahm ihren Kopf zwischen ihre Hände über der Tastatur und bekam einen Weinkrampf.

Wir rannten beide zu ihr hin, aber während wir versuchten, ihren Schmerz zu erleichtern, verschloss John seine Violine in den Kasten, nahm das Musikbuch unter den Arm und verließ den Raum, ohne ein Wort zu einem von uns zu sagen, noch nicht einmal zu dem weinenden Mädchen, deren Seufzer schienen, als würden sie ihr das Herz brechen.

Wir brachten sie sofort ins Bett, aber es dauerte einige Stunden, bevor ihr krampfhaftes Weinen aufhörte. Mrs. Temple hatte ihr einen Schluck eines beruhigenden und altbewährten Mittels verabreicht, und nachdem ich bis nach neun Uhr bei ihr gesessen hatte, ließ ich sie schließlich einschlafend zurück, um mich selbst auszuruhen.

Ich war ziemlich ausgelaugt von meiner großen Angst und von der erdrückenden Verbitterung, mit ansehen zu müssen, wie die Gefühle meiner Constance so verwundet wurden. Trotzdem, oder vielleicht gerade wegen meiner Sorgen, bin ich sofort in einen tiefen Schlaf gefallen, kaum als mein Kopf das Kissen berührt hatte.

Der Raum im Südflügel wurde einstweilen in ein Kinderzimmer verwandelt. Aus der Zweckmäßigkeit heraus, nahe bei ihrem Säugling zu sein, schlief Constance im angrenzenden Raum.

Da dieser Teil des Hauses etwas isoliert lag, hatte Mrs. Temple vorgeschlagen, dass ich ihrer Tochter Gesellschaft leisten und einen Raum im gleichen Gang beziehen sollte, nur ein paar Türen entfernt. Dies wurde entsprechend gemacht.

In dieser Nacht wurde ich durch jemanden, der sachte an meine Tür klopfte, aus dem Schlaf gerüttelt, aber es dauerte einige Sekunden, bevor meine Gedanken hinreichend klar waren und mir erlaubten, mich daran zu erinnern, wo ich war. Es gab etwas Mondlicht, aber ich zündete eine Kerze an, und als ich auf die Zeit schaute, sah ich, dass es zwei Uhr war.

Ich glaubte an ein Unwohlsein, entweder von Constance oder ihrem Baby, und dass die Kinderschwester mich brauchte. Ich ging also aus meinem Bett heraus, bewegte mich zur Tür und fragte leise, wer da sei. Zu meiner Überraschung war es die Stimme von Constance, die antwortete: "Oh Sophy, lass mich herein."

In einer Sekunde öffnete ich die Tür und fand meine arme Schwägerin, nur im Nachthemd, wie sie im Mondlicht vor mir stand.

Sie sah verängstigt aus und ungewöhnlich bleich in ihrem weißen Kleid, mit einem kalten Schimmer des Mondes auf ihr. Als Erstes dachte ich, sie würde schlafwandeln und vielleicht in ihren Träumen die Sorgen wiederholen, die sie in ihren verschlafenen Fußschritten verfolgten. Ich nahm sie sanft am Arm und sagte: "Liebste Constance, geh sofort zurück ins Bett, du wirst dich erkälten."

Sie befand sich jedoch nicht im Schlaf, sondern gab ein Zeichen still zu sein und sagte in einem angsterfüllten Flüstern: "Psst!, hörst du denn nichts?"

Es gab da etwas in ihrer Frage, was so unklar und geheimnisvoll war und auch in ihrer offensichtlichen Beunruhigung, dass auch ich durch ihre Angst angesteckt wurde. Ich fühlte, wie ich zitterte, als ich meine Ohren anstrengte, um möglichst auch das kleinste Geräusch wahrzunehmen.

Alles wurde aber von einer totalen Stille überzogen, und ich konnte nichts vernehmen.

"Kannst du es hören?", sagte sie wieder. Alle Arten von schlimmen Bildern kamen mir in den Sinn. Ich dachte, dass das Baby Diphtherie hat und sie den röchelnden Atem des Leidens gehört hatte; und dann kam das Entsetzen über mich, dass vielleicht die Sorgen zu viel für sie geworden sind und sie wahnsinnig geworden ist. Bei diesem Gedanken gefror das Mark in meinen Knochen.

"Psst!", sagte sie wieder, und gerade in dem Moment, als ich meine Augen anstrengte, dachte ich, dass ich, über die schlafende Atmosphäre hinweg, ein schwaches Murmeln vernommen hatte.

"Oh, was ist das, Constance?", sagte ich. "Du wirst mich in den Wahnsinn treiben." Während ich sprach, schien sich das Gemurmel – mehr gefühlt, als gehört – in die Schwingungen eines entfernten Musikinstruments aufzulösen.

Ich ging an ihr vorbei auf den Gang. Alles war totenstill, aber ich konnte wahrnehmen, dass irgendwo in der Ferne Musik gespielt wurde. Fast zur gleichen Zeit erkannten meine Ohren, schwach aber unmissverständlich, die *Gagliarda* aus der *Areopagita*.

Ich hatte bereits erwähnt, dass mich, aus irgendeinem Grund, den ich schwer erklären kann, diese Melodie abstößt. Sie schien in einer seltsamen und intimen Weise mit dem Unwohlsein meines Bruders und seinem moralischen Verfall verbunden zu sein. Fast gleichzeitig mit dem Moment, als ich sie vor zwei Jahren zum ersten Mal hörte, schien der Frieden fortgeflogen zu sein. Er hat 'die Röcke gerafft' und unser Haus fluchtartig verlassen, wie wir es von den Engeln lesen, um bei der Belagerung von Israel schnell aus dem Tempel wegzukommen.

"John muss auf sein und spielen", sagte ich.

"Ja", antwortete sie, "aber warum ist er in diesem Teil des Hauses und warum spielt er immer *diese* Melodie?"

Es war so, als würde uns eine unwiderstehliche Kraft in Richtung der Musik ziehen. Constance nahm meine Hand in die ihre und wir bewegten uns langsam den Gang hinunter.

Der Wind hatte aufgefrischt, und obwohl der Mond hell schier, wurden seine Strahlen fortwährend durch vorbeiziehende Wolken verfinstert. Es gab aber immer noch genug Licht, um uns zu führen, und ich machte die Kerze aus. Als wir das Ende des Gangs erreicht hatten, konnte man die Melodie der *Gagliarda* immer deutlicher hören.

Der Durchgang öffnete sich, hin zu einem breiten Treppenabsatz mit einer Balustrade, und von dessen Seite begann die Bildergalerie, die Du kennst.

Ich schaute Constance bedeutungsvoll an. Es war offensichtlich, dass John in dieser Galerie spielte. Wir überquerten den Treppenabsatz, schritten vorsichtig voran und machten keine Geräusche mit unseren nackten Füßen, denn beide von uns waren zu aufgeregt gewesen, um daran zu denken, uns Schuhe anzuziehen.

Wir konnten nun die Galerie in ihrer vollen Länge sehen. Mein armer Bruder saß in dem Erkerfenster, von dem ich schon vorher gesprochen hatte.

Er saß Angesicht zu Angesicht mit dem Bild von Adrian Temple, und die großen Fenster des Erkers warfen ein starkes Licht auf ihn. Manchmal schob sich eine Wolke vor den Mond, und alles tauchte in die Dunkelheit ein, doch schon bald erschien wieder das kalte Licht, und wir konnten jedes Merkmal erkennen, wie in einem Bild.

Er war augenscheinlich noch nicht zu Bett gegangen, da er noch komplett angezogen war – noch genau so, wie er uns fünf Stunden zuvor im Wohnzimmer verlassen hatte und als Constance über seine gedankenlosen Worte weinen musste.

Er spielte auf der Violine, mit einer Leidenschaft und tollkühnen Energie, wie ich es nie zuvor gesehen hatte und auch hoffe, nie wieder zu sehen. Vielleicht dachte er daran, dass dieser Platz weit weg vom Rest des Hauses ist, oder er kümmerte sich nicht darum, ob noch jemand wach war und ihm zuhörte oder nicht.

Es erschien mir aber so, dass er mit einer klangvollen Stärke spielte, größer als ich es mir für eine einzelne Violine vorstellen konnte. Es kam ein solches Volumen und ein Schwall der Melodie aus dem Instrument, dass es die ganze Galerie – so voll sie auch war – dermaßen mit ihrem Klang füllen konnte, dass sie pulsierte und vibrierte.

Er hatte seine Augen fest auf etwas auf der gegenüberliegenden Seite der Galerie gerichtet. Wir konnten nicht sehen was, aber ich habe keinen Zweifel, dass es das Portrait von Adrian Temple war.

Sein starrer Blick war begierig und erwartend, so, als würde er darauf warten, dass etwas passiert, was nicht der Fall war.

Ich wusste, dass er in letzter Zeit sehr dünn geworden war, aber dies war jetzt das erste Mal, dass ich feststellte, wie seine Augenhöhlen eingesunken waren und wie ausgezehrt seine Gesichtszüge erschienen. Es könnte irgendeine Einwirkung des Mondlichts gewesen sein, die ich nicht recht begreifen konnte, aber sein fein geschnittenes Gesicht, einst so ansehnlich, sah in dieser Nacht verbraucht und dünn aus, wie bei einem alten Mann.

Nicht mal für einen kurzen Augenblick hörte er zu spielen auf. Es war immer die eine, fürchterliche Melodie, die *Gagliarda* aus der *Areopagina,* und er wiederholte sie, immer und immer wieder, mit der Ausdauer und augenscheinlichen Ziellosigkeit eines Automaten.

Er sah uns nicht, und wir machten uns nicht bemerkbar. Wir standen weit weg und in stillem Grauen, bei diesem nächtlichen Anblick.

Constance packte mich am Arm. Sie war so bleich, dass ich dies selbst im Mondlicht sehen konnte. "Sophy", sagte sie, "er sitzt auf dem gleichen Platz, wie in der ersten Nacht, als er mir sagte, dass er mich liebt."

Ich konnte nichts darauf antworten, meine Stimme war in mir eingefroren. Ich konnte nur auf das arme, ausgedörrte Gesicht meines Bruders starren und bemerkte zum ersten

Mal, dass er verrückt sein musste, und dass es die Heimsuchung der *Gagliarda* war, die ihn dazu brachte.

Ich glaube, wir standen für eine halbe Stunde da, ohne zu sprechen oder uns zu bewegen, und die ganze Zeit über hatte die arme Gestalt am Ende der Galerie ihre Darbietung fortgesetzt. Plötzlich hielt er inne, und ein Ausdruck von verzweifelnder Trostlosigkeit kam über sein Gesicht, als er die Violine zur Seite legte und seinen Kopf in seinen Händen begrub.

Ich konnte es nicht länger ertragen. "Constance", sagte ich, "komm zurück ins Bett. Wir können nichts tun." Also drehten wir uns um und schlichen uns leise weg, so wie wir gekommen waren. Nur als wir den Treppenabsatz überquerten, hielt Constance inne und blickte für eine Minute mit einem herzzerreißenden Verlangen auf den Mann zurück, den sie liebte.

Er hatte seine Hände von seinem Kopf genommen, und sie sah das Profil seines Gesichts im weißen Mondlicht, scharf geschnitten und hart.

Es war das letzte Mal, dass ihre Augen es jemals so wiedersahen.

Für einen Moment sah es so aus, dass sie sich umdrehen und zu ihm gehen würde, aber ihr Mut hatte sie verlassen, und wir gingen weiter. Bevor wir ihr Zimmer erreichten, hörten wir in der Entfernung, schwach aber deutlich, das Hauptthema der *Gagliarda*.

KAPITEL XII

Am nächsten Morgen brachte mir meine Zofe eine eilige Nachricht, die von meinem Bruder in Bleistift geschrieben worden war. Sie bestand nur aus ein paar Zeilen, in denen er sagte, dass sein weiterer Aufenthalt in Royston nicht gut für seine Gesundheit wäre und er beschlossen hätte, nach Italien zurückzukehren. Wenn wir ihm schreiben wollten, würden ihn die Briefe in der Villa de Angelis erreichen. Sein Kammerdiener Parnham würde ihm mit seinem Gepäck dorthin folgen, sobald alles zusammengestellt ist.

Das war alles. Es gab keine Abschiedsworte, noch nicht einmal an seine Frau.

Wir fanden heraus, dass er in dieser Nacht überhaupt nicht ins Bett gegangen war. Am frühen Morgen hatte er sein Pferd 'Sentinel' gesattelt und ist nach Derby geritten, um von dort die frühe Postkutsche nach London zu nehmen. Sein Entschluss, Royston zu verlassen, war sehr plötzlich gekommen, denn er hatte, soweit wir das feststellen konnten, keinerlei Gepäck bei sich.

Ich konnte nicht anders, als mich etwas vorsichtig in seinem Raum umzusehen, um herauszufinden, ob er die Stradivari Violine mitgenommen hatte. Keine Spur war von ihr oder sogar dem Koffer zu finden, obwohl es schwierig war, sich vorzustellen, dass er sie auf dem Ritt mit sich hatte. Es gab da aber einen verschlossenen Reisekoffer, den ihm Parnham später bringen sollte, und das Instrument hätte natürlich, dort drin sein können.

Ich war aber davon überzeugt, dass er sie wirklich mitgenommen hatte, in der einen oder anderen Weise, und das hat sich später auch als richtig herausgestellt.

Mein lieber Edward, ich werde einen Schleier über die Ereignisse ziehen, die direkt nach deines Vaters Abreise passiert sind. Selbst mit diesem zeitlichen Abstand ist die Erinnerung noch zu unaussprechlich bitter, um mir zu erlauben, diese mehr als nur kurz anzusprechen.

Zwei Wochen nach John's Abreise verließen wir Royston und gingen nach Worth, da wir etwas Seeluft bekommen und den Spätsommer an der Südküste genießen wollten.

Deine Mutter hatte sich, so wie es schien, völlig von der Geburt des Kindes erholt und erfreute sich einer solch guten Gesundheit, wie man es einigermaßen annehmen darf, in Anbetracht des Unwohlseins ihres Mannes.

Plötzlich aber, kam eine heimtückische Krankheit über sie, die gelegentlich zu Frauen in ihrem Zustand kommt. Wir hatten gehofft und darauf vertraut, dass diese ganze gefährliche Zeit glücklich überstanden war, aber – leider! – war es nicht so, und innerhalb von wenigen Stunden nach dem Anfall stellten alle fest, wie ernst es war.

Alles, was die menschliche Kunst vermag, wurde getan, aber ohne großen Nutzen. Es zeigten sich Anzeichen von Blutvergiftung, begleitet von hohem Fieber, und innerhalb einer Woche lag sie in ihrem Sarg.

Obwohl ihr Delirium schrecklich anzusehen war, danke ich Gott bis zum heutigen Tag, dass es ihm gefallen hatte, sie fortzuholen – wenn sie schon sterben sollte – als sie nicht bei Bewusstsein war. An den zwei Tagen vor ihrem Tod hatte sie niemanden mehr erkannt und war somit wenigstens davor verschont geblieben, ohne ein Wort der Güte oder der Versöhnung von ihrem Ehemann, aus dem Leben zu scheiden.

Den Nachrichtenaustausch mit einem Ort, so weit entfernt wie Neapel, konnte man zu dieser Zeit nicht unter fünfzehn oder zwanzig Tagen bewerkstelligen. Alles war vorbei, bevor auch nur die Informationen John erreicht hatten, welche die Krankheit seiner Frau betrafen. Mrs. Temple und ich blieben in Worth im Zustand totaler Erschöpfung und warteten auf seine Rückkehr.

Als schon mehr als ein Monat herum war, ohne seine Ankunft oder wenigstens ein Brief, in dem er mitteilte, dass er sich auf der Rückreise befand, ging unsere Aufregung in eine andere Richtung.

Wir befürchteten, dass es irgendein Missgeschick über ihn gekommen sei, oder dass ihn die Neuigkeiten bezüglich des Todes seiner Frau, die dann in seinen Händen hätten sein müssen, so ernsthaft in Mitleidenschaft gezogen hatten, dass er unfähig war, irgendeine Handlung vorzunehmen.

Auf weitere, daraufhin abgeschickte Nachrichten, erhielten wir keine Antwort, aber dann schließlich doch, auf einen Brief hin, den ich an Parnham geschickt hatte.

Der Diener antwortete, dass sein Herr immer noch in der Villa de Angelis sei. Seine gesundheitliche Verfassung war kaum verändert von dem Zustand, als er Royston verlassen hatte, ausgenommen dass er noch bleicher und dünner geworden war.

Es dauerte bis zum Ende November, bis auch ein Wort von ihm kam, und dann schrieb er auch nur eine Seite in Bleistift auf einem Stück Notizpapier, in dem er den Tod seiner Frau in keiner Zeile erwähnte. Er sagte aber, dass er zu Weihnachten nicht zurückkommen werde und wies mich an, mir von seinen Bankiers so viel Geld zu holen, wie ich es für den Haushalt in Worth brauchte.

Ich brauche Dir nicht zu erzählen, welche Wirkung dieses Benehmen auf Mrs. Temple und mich hatte; du kannst dir leicht vorstellen, was deine eigenen Gefühle in so einem Fall gewesen wären.

Ich werde Dir auch nicht von irgendwelchen anderen Gegebenheiten berichten, wie sie in dieser Zeit passierten, da sie keinen direkten Bezug zu meinen Schilderungen haben.

Obwohl ich meinem Bruder noch regelmäßig geschrieben hatte, mehr im Sinne, eine Pflicht nicht verletzen zu wollen, bekam ich keine Antwort.

Ungefähr zum Ende des Monats März hin, kam Parnham nach Worth Maltravers zurück und sagte, dass ihn sein Herr das Gehalt für ein halbes Jahr im Voraus bezahlt und dann auf seine Dienste verzichtet hatte.

Er war immer ein hervorragender Diener gewesen und so an unsere Familie gebunden, dass ich froh war, ihm eine passende Stelle bei uns in Worth anbieten zu können, bis sein Herr zurückkommen würde.

Er brachte beunruhigende Berichte über die Gesundheit von John mit sich und sagte, dass er deutlich schwächer werden würde. Obwohl ich brennend daran interessiert war, ihm viele Fragen bezüglich der Gewohnheiten und des Lebens seines Herrn zu stellen, verbot mir das mein Stolz. Ich hörte aber beiläufig von meiner Zofe, dass Sir John hin und wieder das Geld in der Villa de Angelis mit vollen Händen ausgibt und dass er Italiener engagiert hatte, die sich ihn kümmern sollten, womit sein englischer Kammerdiener natürlich sehr unzufrieden war.

Der Frühling ging vorüber und der Sommer war bereits weit fortgeschritten. Am letzten Morgen des Monats Juli fand ich auf dem Frühstückstisch einen Brief für mich, der in der Handschrift meines Bruders adressiert war. Hastig öffnete ich ihn. Er enthielt nur wenige Worte, die ich vor mir habe, während ich dir schreibe. Die Tinte ist etwas blass und gelblich geworden, aber der Eindruck, den er auf mich machte, ist noch genauso lebhaft, wie an diesem Sommermorgen.

Er begann mit 'MEINE LIEBSTE SOPHY, komm, wenn möglich, sofort zu mir, oder es könnte zu spät sein. Ich will Dich sehen. Sie sagen, ich sei zu krank und schwach um nach England zu reisen.' 'Dein dich liebender Bruder John.'

Da gab es eine große Veränderung des Stils, verglichen mit üblichen, kalten Benachrichtigungen, die er bisher und seit so langer Zeit geschickt hatte. Anders als das 'Liebe Sophia' und 'Hochachtungsvoll', an das ich mich, das muss ich mit Schmerz sagen, mittlerweile gewöhnt hatte.

Selbst die Schreibweise war verschieden. Es war mehr die jungenhafte Hand, mit der er schrieb, als er das erste Mal nach Oxford ging, als die engen zusammengepferchten Buchstaben in seinen späteren Jahren.

Obwohl es eigentlich eine recht belanglose Sache war, wie Gott weiß, im Vergleich zu seinem kränklichen Verhalten, berührte es mich doch, dass er das einst vertraute 'Liebste Sophy' wieder verwendet hatte und sich als mein 'mich liebender Bruder' ausgegeben hatte.

Ich fühlte, wie sich mein Herz ihm zuwandte, und die Zuneigung einer Frau zu ihrer eigenen Familie ist so stark, dass ich bereits allen Groll und alle Missbilligungen vergessen hatte, in meinem Mitleid für den armen Herumtreiber, der vielleicht krank bis zu seinem Tod und alleine in einem fremden Land lag.

Ich brachte diese Nachricht sofort zu Mrs. Temple. Sie lass sie zweimal, dreimal und versuchte die Bedeutung herauszufinden. Dann zog sie mich an sich, küsste mich und sagte: "Geh sofort zu ihm, Sophy. Bring ihn zurück nach Worth, versuche ihn wieder auf den richtigen Weg zurückzubringen."

Ich befahl meine Sachen zu packen, entschlossen nach Southampton zu fahren, um von dort den Zug nach London zu nehmen. Zur gleichen Zeit gab Mrs. Temple Anweisung, dass alle Vorbereitungen für ihre Rückkehr nach Royston innerhalb weniger Tage getroffen werden sollten. Ich wusste, dass sie nicht den Mut aufbrachte, John nach dem Tod ihrer Tochter zu sehen.

Ich nahm meine Zofe mit mir und Parnham, der als Kurier tätig sein sollte. In London mieteten wir uns eine Kutsche für die gesamte Reise, und von Calais aus ging es direkt nach Neapel.

Wir nahmen die kurze Route über Marseille und Genua und reisten siebzehn Tage ohne Unterbrechung, da die Nachricht meines Bruders in mir den Wunsch ausgelöst hatte, keine Zeit auf dem Weg zu verlieren.

Ich war vorher noch nie in Italien gewesen und dermaßen aufgeregt, dass meine Gedanken nicht in der Lage waren, weder die Schönheit der Landschaft, noch die Ereignisse auf der Reise zu genießen. Ich kann mich heute, in der Tat, an nichts erinnern, was sie Fahrt selbst anbelangt, außer an das Durchschütteln auf schlechten Straßen und die unerträgliche Hitze.

Es war in der Mitte des Monats August, in einem außergewöhnlich heißen Sommer. Als wir Genua passiert hatte, wurden die Temperaturen fast tropisch. Selbst in der Nacht gab es keine Erholung, wegen der stehenden und erstickenden Luft, und innen in der Kutsche war es wie in einem Ofen.

Endlich näherte sich das Ende unserer Reise, und wir hatten Rom hinter uns gelassen. Der Tag, als wir nach Aversa weiterfuhren, war der heißeste, den ich jemals gefühlt hatte. Die Sonne brannte mit einer erstaunlichen Kraft herunter, sogar schon in den frühen Stunden, und die Straßen waren dick mit einem weißen und blendenden Staub bedeckt.

Es war kurz nach Mitternacht, als unsere Kutsche zu klappern begann, als sie über die großen Steinblöcke fuhr, mit denen die Straßen in Neapel gepflastert sind.

Ich erinnere mich, dass die Außenbezirke, durch die wir zuerst fuhren, dunkel und völlig still waren. Aber, als wir das Zentrum durchquert hatten und die westliche Seite erreichten, fanden wir uns plötzlich inmitten einer riesigen und dichten Menschenmenge wieder.

Überall waren Laternen und endlose Reihen von Verkaufsständen, deren Besitzer mit lauten Rufen ihre Waren anpriesen. Akrobaten, Jongleure, Bänkelsänger, schwarz gekleidete Priester und blauröckige Soldaten mischen sich unter eine enorme Menschenmenge, deren Ausmaß sofort die Weiterfahrt unserer Kutsche blockierte.

Obwohl es spät in der Sonntagnacht war, schien hier alles wach und beschäftigt zu sein, wie an einem normalen Nachmittag. Öllampen, mit aufsteigenden Dämpfen von schwarzem Rauch warfen ihr blendendes Licht über den Platz.

Die unharmonischen Schreie und das Geplapper der Unterhaltungen vereinten sich in ein so betäubendes Geräusch, das mich matt und schwindlig machte, so müde, wie ich bereits war, nach der langen Reise.

Obwohl ich die intensive Begierde und Erwartung spürte, die eine bevorstehende Beendigung einer ermüdenden Reise hervorruft und diese mit allen nur erdenklichen Mitteln voranbringen wollte, wurde hier unser Weg jedoch in trauriger Weise behindert.

Die Pferde konnten nur im langsamsten Schritt vorwärtskommen, und ständig wurden wir für mehrere Minuten völlig zum Stehen gebracht, bevor der junge Postkutscher sich einen Weg durch die unwillige Menge erzwingen konnte.

Das verursachte ein Gefühl der Irritation und auch der Verzweiflung darüber, ob wir jemals unser Ziel erreichen würden. Die Heiterkeit und unvorsichtige Ausgelassenheit der Leute um uns herum stand im erbitterten Gegensatz zu meiner Niedergeschlagenheit.

Ich erkundigte mich bei dem Kutscher nach der Ursache für einen so großen Aufruhr und verstand, dass es ein religiöses Fest war, das alljährlich zu Ehren der 'Muttergottes der Grotte' abgehalten wurde.

Ich kann mir jedoch keine wirklich religiöse Person vorstellen, die solche eine Versammlung gutheißt, die mir eher wie eine der unreinen Orgien einer heidnischen Gottheit vorkam, als an einen Glaubensakt der Christen.

Diese Störung verursachte eine große Verzögerung, denn als wir den steilen Abhang hinauffuhren, der uns hoch nach Posilipo führte, war es bereits drei Uhr in der Früh, und die Morgendämmerung kam schon hervor.

Nachdem wir für eine lange Zeit beständig nach oben gefahren waren, ging es plötzlich bergab, und gerade als die Sonne über dem Meer erschien, hatten wir die Villa de Angelis erreicht. Ich sprang aus der Kutsche und erreichte das Haus durch ein Spalier von Rebstöcken.

Ein Diener wartete und hielt mir die Tür auf. Er war aber Italiener und hatte mich nicht verstanden, als ich in Englisch fragte, wo Sir John Maltravers sei. Offensichtlich hatte er aber Instruktionen erhalten, mich sofort zu meinem Bruder zu bringen, und ging im inneren Teil des Hauses voran.

Als wir weitergingen, hörte ich den Klang einer reichen Altstimme, die sehr süß zur Mandoline sang, irgendein beruhigendes oder religiöses Lied.

Der Diener zog einen schweren Vorhang beiseite und ich befand mich im Zimmer meines Bruders.

Ein italienischer Jugendlicher saß auf einem Hocker in der Nähe der Tür, und es war er, der gesungen hatte. Nach ein paar Worten, die John in dessen eigener Sprache an ihn richtete, setzte er seine Mandoline ab und verließ den Raum, zog am Vorhang und schloss die dahinterliegende Tür.

Der Raum ging direkt zum Meer hin. Die Villa war auf Felsen gebaut, an deren Fuß die Wellen schwappten. Durch faltbare Fenster, die sich zu einem Balkon hin öffneten, strömte das frühe Licht herein, mit einer rosigen Tönung.

Mein Bruder saß auf einem niedrigen Kanapee oder einem Sofa und lehnte gegen einen Haufen von Kissen, mit einer bunten Decke in brillanten Farben, der über seine Füße und Beine gelegt war.

Er streckte seine Arme nach mir aus, und ich rannte zu ihm. Aber selbst nach einer so kurzen Zeitspanne konnte ich erkennen, dass er schrecklich schwach und ausgezehrt war.

Alle meine Erinnerungen an seine Fehler in der Vergangenheit waren verflogen und tot, bei dem traurigen Anblick seiner verbrauchten Gesichtszüge. Mein Gefühl sagte mir, sogar vom ersten Moment an, dass er nur noch wenige Zeit hatte, unter uns zu bleiben.

Ich kniete neben ihm auf dem Boden und, mit meinen Armen um seinen Hals, umklammerte ich ihn, fand dabei aber keinen Platz für Worte, sondern konnte nur in großer Verzweiflung schluchzen.

Keiner von uns sprach ein Wort, und meine Erschöpfung von der langen Reise, wie auch die Sonderbarkeit der Situation, verursachte in mir das lähmende Gefühl des Zweifels an der Wirklichkeit dieser Szene und an meiner eigenen Existenz, wie wir es alle, wie ich glaube, in Zeiten ernsthafter mentaler Spannungen, schon erlebt haben.

Dass ein gutbürgerliches, englisches Mädchen, hier in einer italienischen Morgendämmerung neben ihrem Bruder kniet; dass ich auf seinem jungen Gesicht, wie geglaubt, das unverkennbare Bild und die Handschrift des Todes erkenne und dann noch darüber nachdachte, dass er vor so wenigen Monaten geheiratet hatte, sein Heim zerstörte, und meine arme Constance nicht mehr unter uns war – diese Dinge erschienen für einen Moment so unvorstellbar, dass ich dachte, dies sei alles ein Albtraum, aus dem ich jeden Moment aufwachen würde, mit der frischen Salzluft des Kanals, der durch mein Fenster in Worth bläst und dann feststelle, dass ich geträumt hatte.

Es war aber nicht so; das Licht des Tages wurde stärker und heller, und selbst bei all meinen Sorgen, prägte sich das Panorama des schönsten Platzes auf Erden für immer in mein Gedächtnis ein: Die Bucht von Neapel, mit dem Vesuv auf der anderen Seite, wie man sie von diesen Fenstern aus sieht.

Es war ein unwirklicher Anblick in irgendeinem dramatischen Schauspiel, aber – leider! – gab es hier keine Unwirklichkeit.

Die Flammen der Kerzen in ihren silbernen Leuchtern wurden bleicher und bleicher und die Schatten in meines Bruders Gesicht wurden dunkler. Die Blässe seiner verbrauchten Gesichtszüge zeigte sich noch beeindruckender in den hellen Strahlen der Morgensonne.

KAPITEL XIII

Ich hatte fast eine ganze Woche in der Villa de Angelis verbracht. Johns Betragen mir gegenüber war höchst zärtlich und zuneigend. Er zeigte aber nicht den Wunsch, sich über den tragischen Tod seiner Frau und die traurigen Ereignisse danach, zu unterhalten, noch wollte er in irgendeiner Weise versuchen, sein Benehmen in der Vergangenheit zu erklären.

Er lenkte auch niemals die Gespräche auf diese Dinge. Ich dachte, selbst wenn es da keine anderen Gründe gab, ließ seine große Schwäche es nicht als ratsam erscheinen, solche Themen derzeit anzusprechen, noch ihn dazu zu bewegen, mehr als notwendig zu sprechen.

Ich war damit zufrieden, mich im Stillen um ihn zu kümmern, und war unendlich glücklich über seine wiederhergestellte Zuneigung. Es schien sein Wille zu sein, alle Gedanken an die letzten Monate aus seinem Gedächtnis zu verbannen, sprach aber viel über die Jahre, bevor er nach Oxford gegangen war und über die glücklichen Tage, die wir in unserer Kindheit auf Worth Maltravers verbracht hatten.

Seine Schwäche war enorm, er beschwerte sich aber nicht über irgendeine Krankheit, außer über einen kurzen Husten, der ihn in der Nacht störte.

Ich hatte mit ihm über seine Gesundheit gesprochen, da ich sah, dass sein Zustand besorgniserregend war, und bat ihn, mich herausfinden zu lassen, ob es einen englischen

Arzt in Neapel gibt, der ihn besuchen konnte. Dem stimmte er nicht zu und sagte, dass er recht zufrieden mit der Behandlung durch einen italienischen Arzt war, der ihn fast täglich besuchte und dass er hoffe, in meiner Begleitung in der Lage zu sein, innerhalb kurzer Zeit nach England zurückzukehren.

"Es wird mir niemals viel besser gehen, liebe Sophy", erklärte er eines Tages. "Der Doktor sagt, dass ich an einer Art Schwindsucht leide und dass ich nicht erwarten könne, noch lange zu leben. Deshalb sehne ich mich danach, Worth noch einmal zu sehen und noch einmal die Westwinde zu fühlen, die von Portland herüberwehen, und auch den Thymian riechen, in den Hügeln von Dorset. In einigen Tagen hoffe ich vielleicht etwas stärker zu sein, und dann will ich dir eine Entdeckung zeigen, die ich in Neapel gemacht habe. Danach kannst du die Anweisung geben, die Pferde einspannen zu lassen und mich zurück nach Worth Maltravers bringen."

Ich bemühte mich von Signor Baravelli, dem Arzt, etwas über den tatsächlichen Zustand seines Patienten zu erfahren, aber meine Italienischkenntnisse waren so gering, dass ich ihm weder verständlich machen konnte, was ich wollte, noch begriff, was er als Antwort gab, sodass dieser Versuch aufgegeben wurde.

Von meinem Bruder selbst erfuhr ich, dass er bereits seit Beginn des Frühlings mit einer erheblichen Beeinträchtigung seiner Gesundheit zu kämpfen hatte.

Obwohl seine Kräfte seitdem stark nachgelassen hatten, war er aber erst seit einem Monat an das Haus gebunden.

Er verbrachte den Tag und oft auch die Nacht damit, auf seinem Sofa zu liegen und redete wenig. Offenbar hatte er den Geschmack an der Violine verloren, die einst so viel seiner Aufmerksamkeit auf sich gezogen hatte.

Ich glaube wirklich, dass die körperliche Kraft, die für diese Darbietungen notwendig ist, ihn nun verlassen hatte. Das Stradivariinstrument lag in der Nähe von seinem Sofa in ihrem Kasten; ich habe Letzteren aber nur einmal offen gesehen. Ich denke, dass sich John nicht mehr an der Ausübung dieser Kunst erfreute, wie bisher, wofür ich zutiefst dankbar war – nicht nur, weil der bloße Klang dieser Violine mit solch bitteren Erinnerungen für mich verbunden war, aber auch, weil ich mir sicher war, dass das Spielen mit ihr, in irgendeiner Weise, die ich mir nicht erklären konnte, eine schädliche Wirkung auf ihn hatte.

Er zeigte das Fehlen von Lebenskraft, wie es sich so oft bei denjenigen bemerkbar macht, die nicht mehr lange zu leben haben. An bestimmten Tagen verfiel er in einen Zustand der Halblethargie, aus der heraus es schwierig war, ihn zu wecken.

Zu anderen Zeiten litt er wiederum an einer besorgniserregenden Unruhe, die es ihm nicht erlaubte, auch nur für ein paar Minuten still zu sitzen, was noch schmerzlicher anzusehen war, als seine lethargische Benommenheit.

Der italienische Junge, von dem ich schon gesprochen hatte, zeigte eine unermüdliche Zuneigung zu seinem Herrn, mit der er mein Herz gewonnen hatte. Sein Name war Raffaele Carotenuto, und abends sang er oft für uns und begleitete sich dabei auf der Mandoline.

Auch in den Nächten, in denen John nicht schlafen konnte, hatte Raffaele ihm für Stunden vorgelesen, bis sein Herr eingenickt war. Er war sehr gebildet, und obwohl ich das Thema, über das er las, nicht verstehen konnte, saß ich oft dabei und hörte zu, fasziniert von seiner offensichtlichen Verbundenheit mit meinem Bruder und der melodischen Betonung in seiner süßen Stimme.

In verschiedener Hinsicht zeigte sich mein Bruder sehr nervös und wollte, selbst für ein paar Minuten, nicht alleingelassen werden, aber in den Zeiten, wo Raffaele bei ihm war, hatte ich ausreichend Gelegenheit gehabt, die Schönheiten der Villa de Angelis zu untersuchen und zu schätzen.

Sie war, wie ich sagte, auf einigen Felsen gebaut, die ins Meer hineinragten, kurz bevor man von Neapel aus zum Capo die Posilipo gelangt. Die früheren Fundamente waren, glaube ich, ursprünglich römisch, und auf diesen wurde im 18. Jahrhundert eine Villa gebaut. Dazu hatte John, in den vergangenen zwei Jahren, wichtige Ergänzungen vorgenommen.

Wenn man von den Fenstern der Villa auf das Meer herunterblickte, konnte man, an ruhigen Tagen, deutlich die Überreste von römischen Landungsstegen und Molen erkennen, die unter der Oberfläche des durchsichtigen Wassers liegen. Die Tuffsteinfelsen, auf denen das Haus stand, waren unter dem Erdaushub von geheimen Grabungen aus klassischer Zeit bedeckt, wie sie in der Umgebung üblich sind.

Diese unterirdischen Räume, obwohl sie meine Neugier weckten, erschienen gleichzeitig so düster und abstoßend, sodass ich sie nie erkundet hatte.

Eines sonnigen Morgens aber, als ich zu Fuß an den Felsen am Meer entlangschlenderte, ging ich in eine der größeren von diesen Kammern. Ich sah, dass sie am anderen Ende eine Öffnung hatte, die anscheinend in einen inneren Raum führte. Auf meinem Spaziergang hatte ich eine alte, italienische Dienerin dabei, die ein mütterliches Interesse an meinen Vorhaben hatte und die, hauptsächlich auf geringe Englischkenntnisse gestützt, als meine Leibwächterin fungierte.

Ermutigt durch ihre Anwesenheit, drang ich in den inneren Raum ein und fand, dass er sich wiederum zu einem anderen hin öffnete. So ging es weiter, bis wir nicht weniger als vier Räume durchquert hatten.

In alle kam etwas Licht durch eine Art von Lüftungslöchern herein, die irgendwie die Außenluft erreichten; aber der vierte Raum öffnete sich zu einem fünften, der nicht beleuchtet war. Meine Begleiterin, die Anzeichen von Besorgnis gezeigt hatte und auch einen offensichtlichen Widerwillen, weiterzugehen, hielt abrupt inne und bat mich, zurückzukehren.

Es ist möglich, dass sich ihre Angst auf mich übertragen hatte, denn als ich die Schwelle überqueren wollte, um die Dunkelheit der fünften Zelle zu erkunden, wurde ich von einer vernunftlosen Panik ergriffen und von dem unerklärlichen Gefühl des Schreckens, das man in einem Albtraum erlebt.

Ich zögerte für einen Augenblick, aber meine Angst wurde plötzlich stärker. Ich sprang zurück und folgte meiner Begleiterin, die ins Freie zurückgerannt war. Wir hielten nicht an, bis wir keuchend im vollen Sonnenlicht am Meer standen.

Sobald die Magd wieder Atem geschöpft hatte, bat sie mich, nie wieder dorthin zu gehen und erklärte mir in gebrochenem Englisch, dass die Höhlen als die 'Zellen der Isis' bekannt waren und angeblich von Dämonen heimgesucht wurden. Diese Episode, so unbedeutend sie auch erscheinen mag, hatte eine große Wirkung auf mich, sodass ich mich nie wieder auf den unteren Weg wagte, der am Fuße der Felsen am Meer entlanglief.

In dem Haus darüber hatte mein Bruder eine große Halle im antiken, römischen Stil erbaut, mit einem Speisezimmer und vielen anderen Räumen. Diese waren in einer Weise ausgeschmückt, wie diejenigen, die in Pompeji entdeckt wurden.

Sie wurden mit dem höchstmöglichen Luxus ausgestattet, und die Schönheit der Gemälde, Möbel, Teppiche und Vorhänge, wurde durch Statuen aus Bronze und Marmor gesteigert.

Die Villa, mit all ihren Einbauten, war von einer Art, wie ich es nicht gewohnt war, doch gleichzeitig von einer solchen Schönheit, dass ich nie aufhören konnte, alles als Schöpfung mit einem Zauberstab anzusehen oder als Kulisse in einem Drama, die ganz plötzlich angehoben werden könnte und dann aus meinem Blick verschwinden würde.

Kurz gesagt, das Haus sollte, zusammen mit seinen Möbeln, die Kopie einer antiken römischen Villa sein und trug etwas in sich, das sich nicht mit unseren rustikalen und insularen Ideen vertrug.

Wenn ich über ihre Vollkommenheit nachdachte, überkam mich eine seltsame mentale Empfindung, die ich nur mit der körperlichen Anspannung vergleichen kann, wie sie bei einigen Leuten durch ein schweres und anwiderndes Parfüm oder einen Strauß von Gardenien erzeugt wird, oder anderen, schwer duftenden, exotischen Dingen.

Im Zimmer meines Bruders gab es eine mittelalterliche Reproduktion in warmem Alabaster, von einem klassischen Schwarm von Delfinen, die einen Amor umkreisten. Ich denke, dass es das heiterste Kunstwerk war, dass ich je gesehen hatte, aber es stand völlig im Gegensatz zu meinem Gefühl von Angemessenheit, dass, dicht daneben, ein elfenbeinernes Kruzifix hing.

Ich denke doch, wie ich meine, alle materiellen und heidrischen Dinge gesehen zu haben, bei denen jeder Blick auf ein zukünftiges Leben verstellt war.

Und dann finde ich hier ein Durcheinander von heiligen und profanen Dingen, wo Sinnbilder unserer höchsten Hoffnungen und Sehnsüchte, in beleidigender Gleichgültigkeit neben verkörperte Gestaltungen der Sinneslust gesetzt wurden. Hier, an diesem Schauplatz magischer Schönheit, schien es mir für einen Moment so, als würden die Jahre zurückgedreht, und dass das Christentum immer noch mit dem *lebenden* Heidentum kämpfen muss, und die Schlacht noch nicht gewonnen war.

Es war überall im Haus gleich, und es gab da viele Dinge, die mich mit Bedauern erfüllten, vermischt mit vagen und beunruhigenden Vermutungen, die ich hier nicht wiederholen werde.

Am Ende des Hauses gab es eine kleine Bibliothek, aber sie enthielt wenige Werke, ausgenommen römische und griechische Klassiker. Ich bin eines Tages dorthin gegangen, um ein Buch zu suchen, nach dem John verlangt hatte.

Als ich eine Schublade durchsuchte, fand ich eine Anzahl von Briefen, die von Worth aus von meiner verlorenen Constance an ihren Ehemann geschrieben wurden. Der Schock, plötzlich Angesicht zu Angesicht mit einer Handschrift gebracht zu werden, die sofort meine lieben und traurigen Erinnerungen weckte, war in der Tat heftig, aber dessen Bitterkeit wurde noch in unermesslicher Weise durch die Entdeckung verstärkt, dass keiner dieser Umschläge je geöffnet worden ist.

Während dieses treue, nun ruhende Herz, seine Liebe und die bis zu den Ohren reichenden Sorgen ausschüttete – was man weit vor allen anderen Dingen zur Kenntnis nehmen müsste – wurden ihre Briefe, als sie ankamen, unbeachtet in ein willkürliches Behältnis weggeworfen, ungelesen, sogar ungeöffnet.

Die Tage vergingen in der Villa de Angelis, einer nach dem anderen, aber ohne große Vorkommnisse. Auch die Gesundheit meines Bruders veränderte weder zum Besseren noch zu Schlechteren.

Obwohl das Wetter noch immer wärmer war, als gewöhnlich, kam jeden Morgen und jeden Abend eine wohltuende Brise vom Meer heran, und temperierte die Hitze so weit, dass sie immer erträglich war. John saß manchmal in den Abendstunden, gestützt von Kissen, auf dem vergitterten Balkon in Richtung Baia und schaute den Fischern zu, wie sie ihre Netze auswarfen. Wir konnten ihre tiefstimmigen Gesänge hören, die durch die Nacht drangen.

"Es war hier, Sophy", sagte mein Bruder, als wir eines Abends auf eine Szene wie diese blickten – es war hier, dass der große Pollio sich ein berühmtes Haus gebaut hat. Er nannte es nach zwei griechischen Worten, mit der Bedeutung 'Ende der Sorgen', von dem unser Ortsname Posilipo abgeleitet ist. Es war sein *sans-souci*, und hier legte er alle Qualen ab, aber die waren leichter als meine. Posilipo hat mir nicht das Ende meiner Sorgen gebracht.

Ich denke, dass ich keine Ruhe auf dieser Seite des Grabes finden werde – und danach, wer weiß?

Das war das erste Mal, dass John von einer solchen Belastung sprach, und er schien von einer ungewöhnlichen Handlung aufgewühlt zu sein, so, als hätten ihn seine eigenen Worte daran erinnert, wie zerbrechlich sein Zustand war.

Er rief Raffaele zu sich und schickte ihn auf einen Botengang nach Neapel. Am nächsten Morgen lies er mich früher als gewöhnlich rufen und bat darum, dass eine Kutsche um sechs Uhr am Abend bereitstehen sollte, da er den Wunsch hatte, in die Stadt zu fahren.

Zuerst versuchte ich, ihn von seinem Vorhaben abzubringen und drängte ihn, seinen schwachen Gesundheitszustand in Betracht zu ziehen. Er antwortete, dass er sich etwas stärker fühle und dass es etwas Bestimmtes in Neapel gab, dass ich sehen sollte.

Wenn das erledigt ist, wäre es besser, sofort nach England zurückzukehren. Er könne, wie er sagte, die Reise ertragen, wenn wir sie in sehr kurze Abschnitte einteilen.

KAPITEL XIV

Kurz nach sechs Uhr am Abend verließen wir die Villa de Angelis. Der Tag war, wie gewöhnlich, wolkenlos und heiter, aber eine sanfte Meeresbrise, von der ich gesprochen hatte, kam am Nachmittag auf und brachte eine erfrischende Kühle. Wir hatten eine Art von Kanapee in der Kutsche eingerichtet, mit vielen Kissen für meinen Bruder, und er stieg mit größerer Leichtigkeit in das Gefährt ein, als ich erwartet hatte.

Ich saß neben ihm, und Raffaele, mir gegenüber, auf der anderen Seite. Wir fuhren den Hügel von Posilipo hinunter, durch die Stechpalmen und Tamariskebüsche, die um das Meer herumgingen, und dann weiter in die Stadt.

John sprach wenig, ausgenommen von seiner Bemerkung, dass die Kutsche bequem sei. Als wir durch eine der Hauptstraßen fuhren, beugte er sich über mich und sagte: "Du musst keine Angst haben, wenn ich dir heute einen seltsamen Anblick zeige. Einige Frauen würden sich vielleicht vor dem fürchten, was du sehen wirst, aber du, meine arme Schwester, hast bereits so viele Leiden kennengelernt, dass dich eine eher leichte Sache, wie diese, nicht zu sehr berühren wird."

Trotz seiner Lobrede auf meinen Mut, fühlte ich mich durch seine Worte beunruhigt und aufgeregt. Da war eine Unbestimmtheit in ihnen, die mir Angst machte, und sie brachte diese unklare Befürchtung hervor, die oft angsterregender ist, als die Sache selbst, die sie auslöst.

Auf meine Fragen gab er keine weiteren Antworten. Er sagte mir nur, dass er während eines Aufenthalts in Posilipo einige Nachforschungen in Neapel angestellt hatte, die zu einer seltsamen Entdeckung geführt hatten und die er mir unbedingt zeigen wollte.

Nachdem wir eine ziemliche lange Strecke zurückgelegt hatten, waren wir offensichtlich im Stadtzentrum angelangt. Die Straßen wurden enger und dicht gedrängter. Die Häuser waren dreckiger und baufälliger, und die Erscheinung der Leute selbst ließ vermuten, dass wir eines der ärmeren Viertel der Stadt erreicht hatten. Hier fuhren wir nun durch ein weiteres Geflecht von kleinen Straßen, von deren Namen ich keine Notiz nahm.

Schließlich befanden wir uns in einer dunklen und engen Gasse, mit dem Namen *Via der Giardino*. Obwohl mein Bruder, soweit ich das sehen konnte, dem Kutscher keine Anweisungen gegeben hatte, schien dieser keine Schwierigkeiten zu haben, seinen Weg zu finden. Er fuhr schnell, im Stil der Neapolitaner, und kam direkt zu einem Platz, der ihm offenbar bereits bekannt war.

In der *Via del Giardino* waren die Häuser sehr groß und hingen über die Straßen hinweg, sodass sie sich fast berührten.

Es schien so, dass dieses Viertel einstmals von reicheren Menschen bewohnt war, wenn nicht von der Aristokratie, dann aber wenigstens von einer Klasse mit einem höheren Stand als diejenige, die heute hier lebt.

Viele der Häuser waren groß und Achtung gebietend, obwohl sie schon seit langem in kleinere Parzellen aufgeteilt worden sind.

Vor einem solchen Gebäude hielten wir schließlich an. Hier musste einmal das Haus oder der Palast einer Person von hohem Rang gestanden haben.

Es hatte eine lange und schöne, mit zierlichen Pfeilern verzierte Fassade, mit schwülstigen Ornamenten aus der Zeit der Renaissance.

Das Erdgeschoss war in eine Reihe von kleinen Läden aufgeteilt, und die oberen Stockwerke waren augenscheinlich von gemeinen Leuten der untersten Klasse bewohnt.

Vor einem dieser kleinen, nun geschlossenen Läden, dessen Fenster sorgfältig mit Brettern verrammelt waren, hielt unsere Kutsche an. Raffaele stand auf, nahm einen Schlüssel aus seiner Tasche und schloss die Tür auf. Dann half er John dabei, die Kutsche zu verlassen. Ich folgte, und sofort, nachdem wir die Schwelle überschritten hatten, sperrte der Junge die Tür zu, und ich hörte, wie die Kutsche wegfuhr.

Wir befanden uns in einem engen und dunklen Gang. Als sich meine Augen an die Finsternis gewöhnt hatten, nahm ich an dessen Ende eine niedrige Treppe wahr, die zu irgendeinem oberen Raum führte.

Zu deren Rechten gab es eine Tür, die sich zu dem nun aufgegebenen Laden hin öffnete. Mein Bruder bewegte sich langsam den Gang entlang und begann die Treppen hochzusteigen. Er lehnte dabei mit einer Hand auf Raffaeles Arm und hielt sich mit der anderen am Geländer fest. Ich konnte aber sehen, dass ihm das Treppensteigen ziemliche Mühen abverlangte. Dabei musste er häufig pausieren, um zu husten und wieder Atem zu holen.

So erreichten wir den oberen Treppenabsatz und fanden uns in einer kleinen Kammer oder einem Warenlager über dem einstigen Laden wieder. Sie war ziemlich leer, ausgenommen von ein paar zerbrochenen Stühlen. Es schien ein kleines Dachgeschoss zu sein, das durch eine Abtrennung von einem ehemaligen Hochraum entstanden war, wobei der Laden den ehemals unteren Teil bildete.

Ein langes Fenster in der Wand dieses großen Raums, das früher zweifelsohne aus mehreren Sektionen bestand, war nun in der ganzen Länge durch die Decke geteilt. Mit dem oberen Teil diente es als Lichteinlass für das Dachgeschoss, während sich seine unteren Flügel in den Laden hinein öffneten.

Die Decke war, als Folge dieser Veränderungen, relativ niedrig. Obwohl sie beträchtlich verschandelt war, bewahrte sie sich dennoch deutliche Spuren von ehemals reichen Verzierungen, mit den erhabenen Formteilen und Hängeleuchten des sechzehnten Jahrhunderts.

Am Ende des Dachgeschosses gab es eine Art von gewölbter und fein eingemeißelter Aushöhlung, deren frühere Verwendung nicht offenkundig war. Der große, ursprüngliche Raum wurde, ohne Zweifel, sowohl in der Länge als auch in der Höhe, getrennt worden, da die Latten- und Putzwände an beiden Enden des Dachgeschosses offensichtlich nicht Teil der ehemaligen Konstruktion waren.

Mein Bruder setzte sich in einen der alten Stühle und schien sich zu sammeln, bevor er sprach. Meine Aufregung hatte sich sofort verstärkt, und es war eine große Erleichterung, als er zu sprechen begann, in einer tiefen Stimme wie jemand, der viel zu sagen hatte und mit seiner Kraft sparsam umgehen wollte.

"Ich weiß nicht, ob du dich daran erinnerst, dass ich dir etwas darüber erzählt habe, was Mr. Gaskell einst über die Musik von Grazianis *Areopagita*-Suite sagte. Sie hat immer, wie er sagte, eine eigentümliche Wirkung auf seine Fantasie gehabt, und besonders die Melodie der *Gagliarda* brachte in seinen Gedanken, in seltsamer Weise, das Bild eines bestimmten Saals hervor, wo Menschen tanzten. Er ging dabei sogar so weit, die allgemeine Erscheinung des Raums selbst zu beschreiben und der Personen, die dort tanzten.

"Ja", antwortete ich, "Ich erinnere mich, dass du mir davon berichtet hast. In der Tat hatte ich in meinen Erinnerungen so oft über Mr. Gaskells Beschreibung nachgedacht, dass mir, obwohl ich in letzter Zeit nicht daran gedacht hatte, die wesentlichen Eigenschaften sofort wieder ins Gedächtnis kamen.

"Er beschrieb ihn", fuhr mein Bruder fort, "als langen Saal mit einem Bogengang auf der einen Seite, im Stil der fantastischen Spätgotik. Am Ende gab es einem Balkon für die Musiker, mit einem Wappen vorne dran."

Ich hatte mich genau daran erinnert, sagte es John auch so und fügte hinzu, dass dieses den Kopf eines Puttos zeigt, der auf drei Lilien auf einem goldenen Untergrund bläst.

"Es ist seltsam", fuhr John fort, "dass die Beschreibung einer Szene, von der unser Freund dachte, sie wäre nur in seiner eigenen Einbildung, sich so tief in unsere Gedanken eingeprägt hat. Aber das Bild, das er gezeichnet hat, war mehr als nur eine Fantasie, da wir uns, in diesem Augenblick, genau in dem Saal seiner Träume befinden."

Ich konnte nicht verstehen, was mein Bruder meinte, und dachte, dass ihn sein Verstand verlässt, aber er fuhr fort. "Der miserable Fußboden, auf dem wir stehen, wurde natürlich nachträglich eingebaut, aber über dir kannst du die alte Decke sehen, und hier, am Ende, war der Balkon der Musiker, mit dem Wappen auf seiner Vorderseite."

"Er deutete auf die eingemeißelte und gekalkte Vertiefung, die mich bisher so verwirrt hatte. Ich ging zu ihr hin und, obwohl die Latten- und Putzwand um sie herum gebaut war, war es klar, dass diese, in ihrer gebogenen Form, sehr leicht Teil der Vorderseite eines Balkons gewesen sein konnte, wie John sagte.

Ich schaute mir die Reliefarbeiten, die sie zierten, näher an. Obwohl die Ecken abgerieben waren und die Formteile an einigen Stellen völlig fehlten, konnte ich, ohne Schwierigkeiten, ein Wappen in der Mitte ausmachen.

Eine nähere Untersuchung legte unter der weißen Tünche, die sich teilweise abschälte, genügend Reste von Farbe frei, um zu zeigen, dass es, ohne Zweifel, einmal in Gold bemalt war und den Kopf eines Puttos zeigte, mit drei Lilien.

"Das ist das Wappen des alten, neapolitanischen Hauses der Doma-Vavalli", fuhr mein Bruder fort. "Sie trugen ein Schild aus Gold mit dem Kopf eines Puttos, der auf drei Lilien bläst. Es war an dem Balkon hinter diesem Wappen, der seit Langem verrammelt ist, wie du sehen kannst. Hier saßen die Musiker auf dem Ball, von dem Gaskell träumte. Von dort aus schauten sie auf den Saal herunter, wo die Tänze stattfanden, und ich werde dich nun mit nach unten nehmen, um zu sehen, ob die Beschreibung passt."

Als er dies sagte, erhob er sich und ging die Treppen mit weniger Schwierigkeiten hinunter, wie er sie beim Hochgehen gezeigt hatte.

Er warf die Tür auf, die ich im Gang gesehen hatte, und führte uns in den Laden im Erdgeschoss. Das Abendlicht hatte sich nun so weit abgeschwächt, dass wir bereits im Gang wenig sehen konnten, der Laden aber, mit den verbarrikadierten Fenstern, befand sich in völliger Dunkelheit.

Raffaele nahm daher ein Streichholz und steckte drei halb abgebrannte Kerzen an, die in einem mattierten Kerzenleuchter an der Wand steckten.

Der Laden wurde in vergangener Zeit offensichtlich von einem Weinhändler benutzt. Es gab dort in den Regalen mehrere leere Weinfässer und zerbrochene Flaschen.

In einer Ecke bemerkte ich, dass die Erde, die den Boden bildete, mit Schaufeln ausgehoben worden war. Dort befand sich ein kleiner Haufen davon, neben einem großen, flachen Stein mit einem eisernen Ring, der unter der Oberfläche freigelegt wurde. Er schien die Öffnung gut zu bedecken, vielleicht sogar ein Gewölbe.

Am Ende des Ladens und am weitesten von der Straße entfernt, waren zwei hohe Bögen. Sie wurden in der Mitte durch eine Säule getrennt, von der die Außenverkleidung entfernt worden war.

John deutet auf diese Bögen und sagte, "das ist ein Teil des Bogengangs, der einst die ganze Länge des Saals entlangging. Nur diese beiden Bögen sind noch übrig geblieben, und der feine Marmor, der einst diese trennende Säule bedeckte, wurde abgemacht.

An einer Sommernacht, ungefähr vor einhundert Jahren, wurde hier getanzt. Es gab da ein Dutzend Paare, die so wild herumtanzten, wie man es heute nicht mehr sieht. Die Melodie, welche die Musiker oben auf dem Balkon gespielt hatten, wurde aus der *Areopagita*-Suite von Graziani entnommen.

Gaskell hat mir oft erzählt, dass diese Musik in seinen Gedanken das Gefühl einer drohenden Katastrophe hervorbrachte und seinen Höhepunkt am Ende des ersten Satzes der *Gagliarda* fand. Es war genau der Moment, Sophy, dass ein Engländer, der hier tanzte, ein Messer in den Rücken bekam und skrupellos ermordet wurde.

Ich hatte nicht alles gehört, was John gesagt hatte, und war auch wirklich nicht in der Lage, es zu verstehen.

Ohne zu abzuwarten, ob ich etwas sagen würde, ging er quer hinüber zu der aufgedeckten Steinplatte mit dem Ring. Er zeigte eine Stärke, von der ich niemals geglaubt hätte, dass sie, in seiner schwachen Verfassung, möglich ist, und brachte einen Hebel am Stein an, der dort bereitlag.

Gleichzeitig ergriff Raffaele den Ring, und so war es beiden möglich, die Abdeckung so weit zur Seite zu bewegen, dass der Zugang zu der einer kleinen Treppe freigelegt wurde, die man nun sehen konnte.

Es war eine Wendeltreppe, die einst bestimmt zu irgendwelchen Kellergewölben unter dem Erdgeschoss geführt hatte. Raffaele ging zuerst hinunter. Er hatte den Leuchter mit den drei Kerzen in der Hand, den er über seinen Kopf hielt, um etwas Licht auf die Treppenstufen zu werfen. John war der Nächste, und dann folgte ich, wobei ich versuchte, meinen Bruder, wenn möglich, mit der Hand zu stützen.

Die Stufen waren trocken, und an den Wänden gab es nichts von der Feuchtigkeit und dem Schimmel, den man gewöhnlich mit unterirdischen Gewölben verbinden würde.

Ich weiß nicht, was es war, dass mich erwartete, aber ich hatte das unbehagliche Gefühl, dass ich mich am Rande einer teuflischen und bedrückenden Entdeckung befand.

Nachdem wir etwa zwanzig Stufen hinabgestiegen waren, konnten wir den Eingang zu einem Gewölbe oder einem unterirdischen Raum sehen. Am Fuß der Treppe sah ich etwas liegen, als es vom Licht der Kerzen von oben beleuchtet wurde. Zuerst dachte ich, es wäre ein Haufen Staub oder Abfall, aber bei näherem Hinsehen, sah es aus, wie ein Bündel von Lumpen.

Als meine Augen die Dunkelheit durchdrangen, sah ich, dass darum herum ein zerfledderter Stoff in verblasster, grüner Farbe lag, und fast noch im gleichen Moment glaubte ich, unter dem Stoff die Umrisse einer menschlichen Gestalt auszumachen.

Für einen Moment stellte ich mir vor, dass es irgendein armer Mann war, der dort lag, mit dem Gesicht nach unten und an die Wand angelehnt. Die Vorstellung, dass dort ein Mann oder ein toter Körper liegt, schockierte mich sehr und ich schrie meinen Bruder an: "Sag mir, was ist das?"

In diesem Moment fiel das Licht von Raffaeles Kerzen in eine etwas andere Richtung. Es beleuchtete die weiß Schale eines menschlichen Schädels und ich sah, dass das, was ich für die Gestalt eines Mannes gehalten hatte, stattdessen ein bekleidetes Skelett war.

Ich fühlte mich für einen kurzen Moment schwach und krank und wäre sofort umgefallen, wenn John nicht da gewesen wäre, der seinen Arm um mich legte und mich mit einer unerwarteten Kraft stützte.

"Gott hilf uns!", rief ich aus, "lass uns gehen. Ich kann das nicht ertragen, es gibt faule Gerüche hier, lass und zurück ins Freie gehen."

Er nahm mich am Arm, zeigte auf den zusammengekauerten Haufen und sagte: "Weißt du, wessen Knochen das sind? Das ist Adrian Temple. Nachdem alles vorbei war, warfen sie seinen Körper die Treppe hinab – bekleidet, wie er war."

Bei der Nennung dieses Namens, ausgesprochen an so einem unglücklichen Ort, fühlte ich wieder den Schrecken in mir hochkommen. Es schien so, dass die Seele dieses niederträchtigen Mannes immer noch über seinen nicht begrabenen Überresten schwebt.

Mich fröstelte es; das Licht, die Wände, mein Bruder und Raffaele schwebten herum, und ich sank ohnmächtig auf die Stufen.

Als ich wieder voll bei Sinnen war, saßen wir in der Kutsche auf dem Weg zurück zur Villa de Angelis.

KAPITEL XV

Am nächsten Morgen waren meine Gesundheit und Stärke vollkommen wiederhergestellt. Im Gegensatz dazu war mein Bruder erschöpft von den Anstrengungen in der vorausgegangenen Nacht.

Unsere Rückreise zur Villa de Angelis erfolgte in vollkommener Stille. Ich war viel zu beunruhigt, ihn über die vielen Dinge bezüglich der seltsamen Ereignisse auszufragen, die mir immer noch verborgen im Dunkeln lagen.

Er, seinerseits, hatte keinen Willen gezeigt, mir irgendwelche weiteren Informationen zu geben.

Als ich ihn am nächsten Morgen sah, zeigte er Anzeichen von großer Schwäche, und als Reaktion auf meine Bemühungen, einige Erklärungen bezüglich des Auffindens von Adrian Temples Überresten zu erhalten, vermied er eine sofortige Antwort und versprach, mir alles, was er wusste, nach unserer Rückkehr in Worth Maltravers zu erzählen.

Ich dachte sehr oft über diese letzte, furchterregende Episode nach, und als ich alles etwas tiefer gehend betrachtete, erschien es mir, dass sich, Stück für Stück, die Konturen einer teuflischen Geschichte entwickelten und dass ich den Schlüssel, der alles klar machen würde, was mir für so lange verschlossen blieb, fast schon in meinen Händen hielt.

In dieser dunklen Geschichte schien alles eine mysteriöse Verbindung zu haben, Adrian Temple, die Musik der *Gagliarda* und meines Bruders unheilvolle Leidenschaft für die Violine, und sie hatten sich verschworen, um auf Johns mentalen und körperlichen Ruin hinzuarbeiten.

Sogar die Stradivari-Violine hatte ihren Teil in der Tragödie, indem sie, so wie es war, zu einem sehr bösartigen Geist wurde, obwohl ich nicht erklären konnte, warum. Ich war auch völlig ahnungslos bezüglich der Art und Weise, wie sie in den Besitz meines Bruders kam.

Ich stellte fest, dass John immer noch entschlossen war, sofort nach England zurückzukehren.

Seine Schwäche ließ in mir Zweifel aufkommen, dass er so eine lange Reise ertragen könnte; aber gleichzeitig hielt ich es nicht für gerechtfertigt, irgendwelche besonderen Anstrengungen zu unternehmen, um ihn von dieser Absicht abzuhalten.

Ich dachte, dass die bekömmlichere Atmosphäre und die Verbindungen mit England, seinen Geist und Körper bestimmt neu beleben würden und dass eine zusätzliche Belastung durch die Reise bald wieder repariert würde, durch die Behaglichkeit und aufmerksame Pflege in Worth Maltravers.

Die erste Woche im Oktober sah uns wieder mit den Gesichtern in Richtung England. Ein sehr komfortables Schwingbett, oder Hängematte, wurde für John in der Kutsche angebracht, und wir waren entschlossen, eine

Erschöpfung so weit wie möglich zu vermeiden, indem wir unsere Reise in sehr kurze Abschnitte einteilten.

Mein Bruder schien nicht die Absicht zu haben, die Villa de Angelis aufzugeben. Sie wurde komplett zurückgelassen, mit den luxuriösen Möbeln und allen Dienern, unter der Aufsicht eines italienischen *maggior-duomo*.

Ich fühlte, dass Johns Zustand verbat, über eine baldige Rückkehr nach dort nachzudenken, und es wäre besser, das italienische Anwesen komplett aufzugeben. Aber seine große Schwäche machte es ihm unmöglich, diejenigen Anstrengungen zu unternehmen, die mit einer solchen Angelegenheit verbunden waren.

Selbst wenn mir meine eigene Unkenntnis der italienischen Sprache nicht im Weg gestanden hätte, war ich doch zu eifrig damit beschäftigt, meinen Invaliden zurück nach Worth zu bringen, und hatte deshalb auch keine Veranlassung, noch weitere Verzögerungen zu verursachen, indem ich die Dinge selbst geregelt hätte, die – nach alledem – vergleichsweise unbedeutend waren.

Da Parnham nunmehr seine üblichen Dienste als Kammerdiener wieder aufnehmen konnte, und auch mein Bruder sehr damit zufrieden schien, dass er dies machte, musste Raffaele natürlich zurückgelassen werden.

Der Junge hatte mein Herz sehr gewonnen, durch seine süßen Manieren, verbunden mit seiner offensichtlichen Anhänglichkeit zu seinem Herrn.

Als ich ihm zu verstehen gab, dass er uns nun verlassen musste, offerierte ich ihm ein paar Pfund als Zeichen meiner Anerkennung. Er weigerte sich jedoch, das Geld anzunehmen und brach in Tränen aus, als er erfuhr, dass er in Italien zurückbleiben müsste.

Er bettelte mit vielen Beteuerungen der Treue, dass man ihm gestatten würde, uns nach England zu begleiten. Mein Herz war nicht geschützt gegen sein Flehen, unterstützt durch so viele Gesten der Zuneigung, und man stimmte zu, dass er, mindestens bis Worth Maltravers, in unseren Diensten bleiben sollte.

John war nicht überrascht darüber, dass der Junge mit uns war. Ich selbst fand, dass es nicht notwendig sei, zu erklären, dass ich ursprünglich vorgeschlagen hatte, ihn zurückzulassen.

Unsere Reise, obwohl notwendigerweise durch die Kürze der einzelnen Abschnitte verzögert, ging sicher vonstatten. John ertrug sie so gut, wie ich es gehofft hatte. Obwohl sein Körper keine Anzeichen von erhöhter Vitalität zeigte, denke ich, dass sich jedenfalls die Art seines Verstands eine Zeit lang gebessert hatte.

Von dem Abend an, wo er mir die schreckliche Entdeckung in der Via del Giardino gezeigt hatte, schien er etwas von seinen Sorgen und seiner Niedergeschlagenheit beiseitegelegt zu haben. Jetzt aber zeigte er wieder ein wenig von der Verdrießlichkeit und Selbstsucht, die in letzter Zeit seinen Charakter so verdorben hatten.

Obwohl er natürlich immer wieder große Müdigkeit von der Reise spürte, mussten wir doch nicht länger befürchten, dass er wieder in dieses Stadium der Lethargie oder des Stumpfsinns zurückfallen würde, was uns in Posilipo so oft im Wege stand, wenn man ihm helfen wollte.

Das Gefühl einer abergläubischen Abneigung hatte mich veranlasst Anweisung zu geben, dass die Stradivari-Violine in Posilipo bleiben sollte.

Bevor wir aber abreisten, hatte mein Bruder nach ihr gefragt und bestand darauf, dass sie mitgenommen werden sollte, obwohl ich in den vielen Wochen niemals gehört hatte, dass er eine einzige Note darauf gespielt hat. Er interessierte sich für die hübschen Episoden der Reise, und es schien so, dass er sicherlich mehr Vergnügen auf der Fahrt gehabt hatte, als man es aufgrund seines schwächlichen Gesundheitszustands hätte annehmen können.

Er machte keinerlei Anspielungen auf den Abend in der Via del Giardino, noch wollte ich, für meinen Teil, solcherlei unangenehme Erinnerungen wecken.

Seine einzige Erwähnung kam an einem Sonntagabend, als wir an einem kleinen Friedhof in Genua vorbeikamen. Der Schauplatz richtete augenscheinlich seine Gedanken auf dieses Thema, und er sagte mir, dass er dafür gesorgt hatte, bevor wir Neapel verließen, dass die Überreste von Adrian Temple auf dem Friedhof von Santa Bibiana anständig unter die Erde gebracht werden sollten.

Ich hielt mich zurück, denn einerseits hatte ich mich auf sein Versprechen verlassen, mir eines Tages die ganze Geschichte zu erzählen. Andererseits war ich abgeneigt, die Freude an der friedlichen Landschaft, durch die wir fuhren, zu verderben, durch das Vorbringen von irgendwelchen Themen, die so unharmonisch und schmerzvoll waren, wie diejenigen, auf die ich mich bezogen hatte.

Schließlich erreichten wir London und hielten uns für einige Tage dort auf, um einige notwendige Maßnahmen zu treffen, bevor wir weiter nach Worth Maltravers fuhren.

Ich hatte John während der Reise gedrängt, dass er unmittelbar nach seiner Ankunft in London den besten medizinischen Rat in England für seine Gesundheit einholen sollte. Obwohl er zunächst Einwände dagegen erhob und sagte, dass nichts Weiteres getan werden konnte, und dass er vollauf zufrieden sei, mit der Medizin, die ihm Dr. Baravelli gegeben hatte und die er stets einnahm. Dennoch bewirkten fortwährende Bitten, dass ich mich bei ihm durchsetzen konnte, diesem vernünftigen Vorschlag zuzustimmen.

Dr. Frobisher, der zu jener Zeit als die höchste, lebende Autorität für Krankheiten des Gehirns und der Nerven angesehen wurde, sah ihn am Morgen nach unserer Ankunft. Er war gütig genug gewesen, mit mir ein längeres Gespräch zu führen, nachdem er meinen Bruder gesehen hatte, und gab mir einige Hinweise und Rezepturen, um mich in eine bessere Lage versetzen, den Kranken zu pflegen.

Er sage, dass Sir Johns Zustand wirklich besorgniserregend sei, und fragte mich mehr als einmal, ob ich von irgendwelchen Problemen oder Sorgen wüsste, die auf Johns Gemüt lasten würden. Waren wir in finanziellen Schwierigkeiten, hatte er einen mentalen Schock, wurde er von einer besonderen Furcht befallen?

All das konnte ich nur verneinen. Gleichzeitig berichtete ich Dr. Frobisher so viel von Johns Vergangenheit, wie ich es als notwendig bezüglich der Fragen erachtete.

Er schüttelte schwer seinen Kopf und schlug vor, dass Sir John für den Augenblick in London und unter seiner ständigen Beobachtung bleiben sollte. Diesem Verlauf der Dinge stimmte mein Bruder aber in keiner Weise zu. Er war bestrebt, sofort zu seinem eigenen Haus weiterzufahren, und sagte, dass wir, wenn nötig, über Weihnachten nach London kommen könnten. Es wurde deshalb vereinbart, dass wir zum Ende der Woche hinunter nach Worth Maltravers fahren würden.

Parnham hatte uns bereits in Richtung Worth verlassen, damit alles für die Rückkehr seines Herrn bereit war, und als wir ankamen, fanden wir alles in perfekter Ordnung für unseren Empfang. Ein kleines Frühstückszimmer neben der Bibliothek, mit einem wundervollen Ausblick nach Süden und mit einer Öffnung zur Terrasse, wurde für die Benutzung durch meinen Bruder hergerichtet, damit er die Anstrengungen des morgendlichen Treppensteigens vermeiden konnte, die Dr. Frobisher als sehr abträglich für seinen derzeitigen Zustand betrachtete.

In London hatten wir auch einen, mit Rädern ausgestatteten Stuhl gekauft, der es möglich machte, ihn zu bewegen oder mit dem er – wenn er der Anstrengung gewachsen war – sich selbst, von Zimmer zu Zimmer, bewegen konnte.

Ich denke, dass sich sein Gesundheitszustand, obwohl sehr zögerlich, verbesserte. Es geschah, so wie es war, nur sehr schleppend, aber dennoch ausreichend genug, dass es in mir die Hoffnung weckte, er könnte uns doch erhalten bleiben.

Was seinen geistigen Zustand oder seine Gedanken anbelangte, wusste ich wenig, aber ich konnte sehen, dass er manchmal ein Opfer nervöser Beklemmungen wurde. Dies zeigte sich in dem gequälten Gesichtsausdruck, den er oft hatte, und in seiner ausgeprägten Abneigung, alleingelassen zu werden.

Er fand ein gewisses Wohlbehagen an der Stille und Monotonie seines Lebens in Worth, und vielleicht auch an der Gewissheit, dass er liebende und treusorgende Herzen um sich herumhatte.

Ich sage Herzen, da jeder Diener, auf dem Anwesen in Worth, ihm verbunden war, in Erinnerung an die große Rücksicht und Höflichkeit in seinen früheren Jahren und darüber trauerte, mit anzusehen, wie sein früherer jugendhafter und kräftiger Körper, sich auf einen so traurigen Zustand reduziert hatte.

Bücher las er nicht mehr selbst, und sogar der Zauber von Raffaeles Vorlesen schien seine Kraft verloren zu haben, obwohl er nie müde davon wurde, den Jungen singen zu hören. Er liebte es, ihn neben seinem Stuhl sitzen zu sehen, sogar wenn seine Augen geschlossen waren und er offensichtlich schlief.

Sein genereller Gesundheitszustand schien sich für mich nur wenig zu verändern, sowohl zum Besseren als auch zum Schlechteren.

Dr. Frobishers Aussagen haben mich einen solchen Fortgang erwarten lassen. Ich habe ihm gegenüber nicht verheimlicht, dass ich gewisse Verdachtsmomente hätte, bezüglich meines Bruders Zurechnungsfähigkeit. Er hat mir aber versichert, dass diese völlig unbegründet waren, und dass das Gehirn von Sir John so klar war, wie sein eigenes.

Gleichzeitig gab er zu, dass er für die verbrauchte Lebenskraft seines Patienten keine Erklärung hatte – ein Zustand, den er, unter normalen Umständen, mit übermäßigem Arbeiten oder ernsten Sorgen in Verbindung gebracht hätte. Er hatte mir die Notwendigkeit für völlige Ruhe und viel Schlaf meines Bruders eindringlich nahegelegt.

Mein Bruder hatte sich niemals, auch nicht versehentlich, auf seine Frau, sein Kind oder Mrs. Temple bezogen, die fortwährend von Royston schrieb, freundliche Grüße ausrichten ließ und fragte, wie es ihm geht.

Ich habe mich niemals getraut, ihm diese Nachrichten von Mrs. Temple zu übermitteln, aus Furcht, ihn zu beunruhigen oder seine Erholung zu verzögern, indem ich seine Gedanken in Bahnen leite, die notwendigerweise schmerzvoll für ihn waren.

Dass er niemals ihren Namen oder den von Lady Maltravers, seiner verstorbenen Frau, erwähnte, ließ mich manchmal darüber nachdenken, ob nicht einer dieser kuriosen Aussetzer des Gedächtnisses, die gelegentlich Begleiterscheinungen ernsthafter Erkrankung sind, die Erinnerungen an seine Hochzeit und den Tod seiner Frau aus seinem Gedächtnis getilgt hatten.

Er war nicht in der Lage, sich irgendwelchen geschäftlichen Angelegenheiten zu widmen, und die Verwaltung des Anwesens blieb, wie das seit zwei Jahren der Fall war, in den Händen des ausgezeichneten Agenten Mr. Baker.

Eines Abends jedoch, am Anfang des Monats Dezember, schickte er, etwa um neun Uhr, Raffaele vorbei, der sagte, er wolle mich sprechen. Ich ging zu seinem Zimmer, und ohne Vorwarnung legte er los. "Nun, du hast mir nie meinen Jungen gezeigt, Sophy, er muss zu einem großen Kind herangewachsen sein und ich würde ihn gern sehen."

Sehr erschrocken über so eine Bemerkung antwortete ich, dass das Kind in Royston unter der Betreuung von Mrs. Temple sei, aber auch wüsste, dass sie Edward gerne herunter nach Worth bringen würde, wenn er ihn sehen wollte.

Er schien mit dieser Idee zufrieden zu sein und bat mich, ihr zu sagen, dass sie dies tun solle und auch darum, ihr gleichzeitig seine Hochachtung auszurichten.

In diesem Moment hatte ich fast gewagt, ihm seine verlorene Frau ins Gedächtnis zurückzurufen. Ich wollte ihm sagen, dass sein Kind ihr sehr ähnlich sieht. Diese markante Ähnlichkeit zu jener Zeit, lieber Edward, besteht auch heute noch. Aber mein Mut hatte mich verlassen, und seine Unterhaltung bezog sich bald auf eine frühere Periode, indem er die Milde des Monats mit der des ersten Winters, den er in Eton verbrachte, verglich.

Seine Gedanken mussten jedoch, so wie es mir vorkam, für einen Moment in die Zeit zurückgegangen sein, als er deine Mutter das erste Mal traf, da er plötzlich fragte: "Wo ist Gaskell? Warum kommt er nie, um mich zu sehen?"

Das brachte mich auf eine völlig neue Idee. Ich dachte, dass es meinem Bruder guttun würde, einen so einfühlsamen und treuen Freund neben sich zu haben, dessen Adresse mir glücklicherweise im Gedächtnis geblieben ist.

Ich legte alle Skrupel beiseite und schrieb ihm mit der nächsten Post. Ich erklärte den traurigen Zustand meines Bruders und sagte, dass ich gehört hatte, wie John seinen Namen erwähnte. Ich bat ihn, um meiner selbst willen, die Güte zu haben, uns zu helfen, wenn dies möglich wäre, und in dieser Stunde der Prüfung zu uns zu kommen.

Obwohl er so weit weg war, wie Westmoreland, brachte ihn seine Großzügigkeit sofort dazu, uns zu helfen. Innerhalb von einer Woche war er auf dem Anwesen von Worth Maltravers eingerichtet und schlief in der Bibliothek, wo er sich auf eigenen Wunsch ein Bett hat hinstellen lassen, damit er nahe bei seinem kranken Freund war.

Seine Anwesenheit war eine größtmögliche Hilfe für uns alle. Er behandelte John sofort mit der Sensibilität einer Frau und der Entschlossenheit eines klugen und starken Mannes. Sie saßen an den Morgen stets zusammen, und er sagte mir, dass John ihm gegenüber nicht die gleiche Zurückhaltung an den Tag legte, um frei über sein Eheleben zu sprechen, wie er das bei mir entdeckt hatte. Ich hatte keine Vorstellung vom Inhalt seiner Gespräche, noch hatte ich danach gefragt, aber ich wusste, dass Mr. Gaskell darüber sehr betroffen war.

John vergnügte sich sogar gelegentlich damit, Mr. Baker in sein Zimmer zu rufen, damit er die Verwaltung des Anwesens mit seinem Freund bespricht. Außerdem äußerte er den Wunsch, den Rechtsanwalt der Familie sehen zu wollen, da er sein Testament aufsetzen wollte.

Obwohl wir dachten, dass jegliche Zerstreuung dieser Art nicht zu seinem Besten wäre, schickten wir eine Nachricht zu unserm Anwalt in Dorchester. Mr. Jeffreys, der zusammen mit seinem Sekretär drei Nächte in Worth verbrachte, setzte ein Testament für meinen Bruder auf.

So verging die Zeit, und das Jahr neigte sich zu Ende.

Es war am Weihnachtsabend, und ich bin kurz nach Mitternacht zu Bett gegangen, nachdem ich eine Stunde zuvor John und Mr. Gaskell eine Gute Nacht gewünscht hatte. Die lange Gewohnheit auf einen Kranken aufzupassen oder für ihn nachts verantwortlich zu sein, hatten meine Ohren geschult, um außergewöhnlich schnell auch nur das leichteste Murmeln wahrzunehmen.

Es muss, so wie ich denke, um drei Uhr herum gewesen sein, als ich aufwachte und ein ungewöhnliches Geräusch wahrnahm. Es war tief und weit weg, aber ich wusste sofort, was es war. Ich empfand ein würgendes Gefühl von Furcht und Schrecken, als hätte eine eisige Hand meine Kehle ergriffen, als ich die Melodie der *Gagliarda* erkannte. Sie wurde, sehr weit weg, auf der Violine gespielt, aber mir war das Stück zu gut bekannt, um irgendeinen Zweifel an der Sache zu haben.

Alle Sorgen und Befürchtungen, wie du eines Tages erfahren wirst, mein lieber Neffe, werden nachts immens verschärft und übersteigert. Das ist so, vermute ich, weil unsere Nerven in einem aufgeregten Zustand sind und unser Gehirn ist nicht genügend wach, um verrückte Vorstellungen richtig einzuordnen.

Ich selbst habe oft wach gelegen und in Gedanken mit Schwierigkeiten gekämpft, die in den Stunden der Finsternis unbezwingbar waren, sich aber dann, mit der Morgendämmerung, in nur banale Unannehmlichkeiten aufgelöst haben.

In dieser Nacht, als ich mich im Bett erhob und in die Dunkelheit blickte, mit dem Klang dieser Melodie in den Ohren, schien es so, dass etwas passiert war, zu schrecklich, um es in Worte zu fassen. Es war so, als ob der teuflische Geist, von dem wir hofften, dass er ausgetrieben war, mit anderen zurückgekommen wäre, die siebenmal so bösartig waren, wie er, und sich wieder bei meinem Bruder niedergelassen hatten.

Die Erinnerung an eine andere Nacht schoss mir in den Sinn, als Constance mich aus meinem Bett in Royston rief und wir zusammen die vom Mondschein beleuchteten Gänge entlanggeschlichen sind, mit dem Trällern dieser teuflischen Musik, die in der stillen Sommerluft vibrierte.

Arme Constance! Sie war jetzt in ihrem Grab, wenigstens waren *ihre* Sorgen vorbei; aber hier, wie eine bittere Ironie, war es die *Gagliarda* und nicht eine jubilierende und süße Symphonie, die mich am Weihnachtsmorgen aus dem Schlaf riss.

Ich warf mir meinen Morgenmantel über und rannte über den Korridor und die Stufen hinunter, die zu dem unteren Stockwerk und dem Raum meines Bruders führten. Schon als ich die Tür meines Schlafzimmers geöffnet hatte, hat das Violinspiel mitten in einem Taktabschnitt aufgehört.

Der letzte Klang war keine Musiknote, sondern eher ein schrecklicher Schrei und von einer solchen Art, dass ich bete, ihn nie wieder hören zu müssen. Es war der Schrei, den ein verwundetes Tier ausstoßen würde.

Es gibt ein Bild des Malers Blake, das zeigt, wie die Seele eines starken, bösen Mannes bei seinem Tod den Körper verlässt. Der Geist fliegt durch das Fenster, mit schrecklich starrenden Augen, die entsetzt darüber sind, wohin es geht.

Wenn eine solche verlorene Seele in der Qual ihrer Auflösung einen Schrei ausstoßen könnte, würde er, wie ich denke, genauso klingen, wie das Jammern, das ich von der Violine heute Nacht gehört hatte.

Augenblicklich war alles von absoluter Stille umgeben. Es gab kein Geräusch in den Gängen, die geisterhaft erschienen, im schwachen Licht meiner Kerze.

Als ich jedoch das Ende der Treppe erreicht hatte, hörte ich den Klang von anderen Fußschritten, und ich traf auf Mr. Gaskell. Er war komplett angezogen und war offensichtlich noch nicht zu Bett gegangen.

Er nahm mich gütig bei der Hand und sagte: "Ich habe befürchtet, dass Sie durch den Klang der Musik aufgeschreckt worden sind. John ist schlafgewandelt; er hat seine Violine herausgenommen und hat sie in einem Trancezustand gespielt. Gerade als ich zu ihm kam, hat irgendetwas in ihr nachgegeben, und der Missklang der erschlafften Saiten hatte ihn sofort wachgerüttelt."

"Er ist jetzt wieder bei klarem Verstand und zurück ins Bett gegangen. Beherrschen sie ihre Angst um ihrer eigen willen und seiner. Es ist besser, dass er nicht weiß, dass Sie aufgeweckt wurden."

Er drückte meine Hand und sprach noch ein paar beruhigende Worte. Ich ging zurück in mein Zimmer, immer noch sehr beunruhigt, und dennoch schämte ich mich ein wenig, so viel Aufregung für so einen kleinen Anlass gezeigt zu haben.

Dieser Weihnachtsmorgen war, was das Wetter anbelangte, einer der schönsten, an den ich mich je erinnern kann Es schien so, als wäre der Sommer abgeneigt, unsere sonnige Küste in Dorset zu verlassen, sodass sie an diesem Tag zurückgekommen ist, um uns noch einmal Adieu zu sagen, vor ihrem endgültigen Abschied.

Ich war früh aufgestanden und hatte mich an dem Sakrament in unserer kleinen Kirche beteiligt. Dr. Butler hatte erst kürzlich diesen sehr frühen Gottesdienst zusätzlich eingeführt. Obwohl jede Änderung altehrwürdiger Gewohnheiten dieser Art sonst nicht meine Zustimmung finden, war ich doch froh, diese Gelegenheit nutzen zu können, da ich auf jeden Fall den Wunsch hatte, den späteren Morgen mit meinem Bruder zu verbringen.

Die einzigartige Schönheit früher Stunden und die beruhigende Wirkung des feierlichen Gottesdienstes brachte etwas Fröhlichkeit zurück in meine Gedanken und hat aus ihnen alle Erinnerungen an die vorangegangene Nacht wirkungsvoll ausgelöscht.

Bei meiner Rückkehr traf mich Mr. Gaskell in der Eingangshalle. Nachdem er mich mit den gewohnten Wünschen zum Weihnachtsfest begrüßt hatte, fragte er nach meiner Gesundheit und hoffte, dass mich die Störung meines Schlafs in der vergangenen Nacht nicht zu sehr in Mitleidenschaft gezogen hat. Er hatte gute Nachrichten für mich. John schien es entscheidend besser zu gehen; er war bereits angezogen und wünschte, da es der Weihnachtsmorgen ist, dass wir das Frühstück mit ihm zusammen in seinem Raum einnehmen.

Wie Du dir vorstellen kannst, stimmte ich dem bereitwillig zu. Unser gemeinsames Frühstück verlief sehr zufriedenstellend und sogar mit etwas stillem Humor. John saß in seinem Sessel am Kopf des Tisches und gab uns die Glückwünsche der Saison. Auf meinem Platz fand ich einen Brief von Mrs. Temple, in dem sie uns alle grüßte (da sie wusste, dass Mr. Gaskell in Worth war) und sagte, dass sie hoffe, sie könne den kleinen Edward zum Neuen Jahr zu uns bringen. Mein Bruder erschien sehr erfreut über die Aussicht zu sein, seinen Sohn zu sehen. Obwohl es vielleicht nur eine Einbildung war, dachte ich, dass er besonders glücklich darüber war, dass uns Mrs. Temple selbst einen Besuch abstattete. Sie war seit dem Tod von Lady Maltravers nicht in Worth gewesen.

Bevor wir unser Frühstück beendet hatten, schien die Sonne mit ungewöhnlicher Stärke und Helligkeit auf die Fensterscheiben. Ihre Strahlen heiterten uns alle auf, und es war so warm, dass John zuerst die Terrassenfenster öffnete und dann seinen Stuhl auf den Gang nach draußen rollte.

Mr. Gaskell brachte ihm einen Hut und einen dicken Schal, und wir saßen mit ihm auf der Terrasse und schwelgten in der Sonne.

Das Meer war ruhig und gläsern wie ein Spiegel, und der Kanal lag ausgestreckt vor uns, wie ein Fußboden aus sich bewegendem Gold.

Eine Rose, vielleicht auch zwei, hingen noch immer am Haus, und die Sonnenstrahlen, die von dem roten Sandstein reflektiert wurden, bescherten uns einen Dezembermorgen, milder und angenehmer als viele Junitage, die ich im Norden kannte.

Wir saßen für einige Minuten da, ohne zu sprechen, versunken in unsere eigenen Gedanken und in die erlesene Schönheit der Umgebung.

Die Stille wurde von den Glocken der Gemeindekirche durchbrochen, die zum Morgengottesdienst läuteten. Es gab zwei davon, und ihr Klang, der uns von Kindheit an vertraut war, erschien wie die Stimmen von alten Freunden zu sein.

John schaute zu mir und sagte mit einem Seufzen. "Ich würde gerne in die Kirche gehen. Es ist schon so lange her, seit ich das letzte Mal dort war. Du und ich hatten das immer am Weihnachtsmorgen gemacht, Sophy, und das wäre auch Constances Wunsch, wenn sie bei uns wäre."

Seine Worte, so unerwartet und zärtlich, füllten meine Augen mit Tränen, keine Tränen der Trauer, aber von tiefer Dankbarkeit, zu sehen, dass mein liebster Bruder sich noch einmal den alten Wegen zugewendet hatte.

Es war das erste Mal, dass ich ihn von Constance sprechen hörte. Dieser liebliche Name, mit dem unendlichen Pathos ihres Todes und dem Anblick der Schwäche meines Bruders, überkam mich in einer Weise, dass ich nicht mehr sprechen konnte. Ich drücke nur seine Hand und nickte.

Mr. Gaskell, der sich für eine Minute weggedreht hatte, sagte, dass John keinen Schaden nehmen würde, an dem Morgengottesdienst teilzunehmen, vorausgesetzt in der Kirche wäre es warm. In dieser Hinsicht konnte ich ihn beruhigen, da ich sie bereits am frühen Morgen ausreichend geheizt erlebt hatte.

Mr. Gaskell wollte Johns Stuhl schieben, und ich rannte fort, um meinen Mantel zu holen. Mein Herz war voll tiefer Dankbarkeit für die Zeichen wiederkehrender Gnade, die unserem lieben Leidenden so barmherzig gewährt wurde, an diesem glücklichen Tag.

Ich war fertig angezogen und hatte gerade die Bibliothek betreten, als Mr. Gaskell eilig durch das Terrassenfenster hereinkam. "John ist ohnmächtig geworden", sagte er. "Holen sie schnell etwas Riechsalz und rufen sie Parnham!"

Alles war in Aufregung, und diese verwandelte sich schnell in angsterfüllte Verzweiflung. Parnham sprang auf ein Pferd, und ritt in wildem Galopp nach Swanage, um Dr. Bruton zu holen, aber eine Stunde, bevor er zurückkam, wussten wir von dem Schlimmsten. Mein Bruder war jenseits jeder Hilfe von einem Arzt: Sein zugrunde gerichtetes Leben hatte ein plötzliches Ende gefunden!

Ich habe nun, lieber Edward, die kurze Beschreibung einiger Tatsachen abgeschlossen, die sich auf die späteren Jahre deines Vaters beziehen.

Der Grund, der mich bewogen hat, dies in schriftliche Form zu fassen, war zweifacher Natur.

Ich bin bestrebt, die Wünsche deines Vaters so weit wie möglich zu erfüllen, die er gegenüber Mr. Gaskell so stark betont hat, und dass du, mit dem Mündigwerden, in Kenntnis dieser Tatsachen gesetzt werden solltest.

Was mich anbelangt, denke ich, dass es besser ist, dass du die reine Wahrheit von mir hörst, um zu vermeiden, dass du auf willkürliche Schilderungen angewiesen bist, die dich jederzeit, von unwissenden oder interessierten Quellen, erreichen könnten.

Einige dieser Umstände waren so bemerkenswert, dass es kaum möglich ist anzunehmen, dass sie nicht bekannt geworden sind und höchstwahrscheinlich ständig diskutiert wurden, in so einem großen Umfeld wie Worth Maltravers.

Ich habe sogar Grund zu der Annahme, dass überzogene und absurde Geschichten im Umlauf waren, zur Zeit des Todes von Sir John. Ich wäre bekümmert, wenn dir solche dummen Geschichten zu Ohren kommen sollten, ohne dass du sichere Anhaltspunkte hast, um herauszufinden, wo die echte Wahrheit liegt.

Gott weiß, wie schlimm es für mich war, einige der Tatsachen zu Papier zu bringen, von denen ich hier berichtet habe. Du, als pflichtbewusster Sohn, wirst den Namen eines Vaters ehren, den Du niemals kennengelernt hast.

Du musst aber wissen, dass seine Schwester mehr getan hat. Sie liebte ihn mit einer aufrichtigen Hingabe, und es bekümmert sie immer noch in ihrem tiefsten Inneren, etwas zu schreiben, das die Erinnerung an ihn schmälern könnte. Vor allen Dingen, lass uns die Wahrheit aussprechen.

Vieles von dem ich dir erzählt hatte, so fühle ich, bedarf weiterer Erläuterungen, die ich Dir aber nicht geben kann, da ich die Umstände nicht kenne. Ich glaube, dass Mr. Gaskell, dein Vormund, diesem Bericht ein paar eigene Zeilen beifügen wird, die wohl einige Punkte beleuchten werden, da er Kenntnis von einigen Fakten hat, die ich nicht habe.

MR. GASKELLS ANMERKUNGEN

Ich habe gelesen, was Miss Maltravers geschrieben hat, und kann dem selbst nur wenig hinzufügen. Ich kann auch keine Erklärungen geben, die sich mit allen Tatsachen ihres Berichts decken, noch sich mit den Schwierigkeiten messen können, die mit ihrem Bericht zusammenhängen.

Natürlich wäre die offensichtlichste Erklärung einiger Dinge, anzunehmen, dass Sir John Maltravers verrückt war. Aber für jeden, der ihn so eng kannte wie ich, ist eine solche Hypothese unhaltbar, noch würde sie, falls zutreffend, einige der seltsamsten Geschehnisse erklären.

Weiterhin wurde das von Dr. Frobisher stark verneint, gegen dessen Urteil in solchen Angelegenheiten es zu dieser Zeit keine Einwände geben konnte. So war es auch bei Dr. Dobie und Dr. Bruton, die John von seinem Säuglingsalter an kannten. Es ist möglich, dass er zum Ende seines Lebens an gelegentlichen Halluzinationen litt, obwohl ich auch das nicht bestätigen kann, und das war auch erst dann der Fall, als seine Gesundheit völlig geschwächt wurde, durch Ursachen, die schwer zu ergründen sind.

Als ich ihn erstmals in Oxford kennenlernte, war er ein starker Mann, sowohl in körperlicher, als auch in mentaler Hinsicht – offenherzig und mit einem fröhlichen Temperament. Gleichzeitig war er, wie die meisten kultivierten Menschen – und besonders die Musiker – übernervös und erregbar.

Aber an einem besonderen Punkt seines Lebensweges schien sich seine Natur zu verändern. Er wurde reserviert, geheimnistuerisch und düster. Seiner mentalen Verwandlung folgte eine gleich schwere, körperliche Veränderung.

Seine robuste Gesundheit begann ihn zu verlassen und, obwohl es keine bestimmte Krankheit gab, die Ärzte hätten bekämpfen können, ging es schrittweise von schlecht nach schlimmer, bis das Ende kam.

Der Beginn dieses außergewöhnlichen Wandels fiel zusammen mit der Entdeckung der Stradivari-Violine. Ob das, nach alledem, nur ein Zufall oder etwas mehr war, ist nicht leicht zu sagen. Bis kurz vor seinem Tod hatten weder Miss Maltravers noch ich irgendeine Vorstellung davon, wie das Instrument in seinen Besitz kam, denn sonst, denke ich, hätte etwas getan werden können, ihn zu retten.

Obwohl er zum Ende seines Lebens frei mit seiner Schwester über die Entdeckung der Violine sprach, hatte er ihr nur die halbe Geschichte erzählt, da er vor ihr vollkommen verheimlichte, dass sich noch etwas in dem versteckten Schränkchen in Oxford befand.

Wie es war, hatte er auch zwei Notenhefte gefunden, die ausführliche Tagebuchaufzeichnungen über einige Jahre des Lebens eines Mannes enthielten. Dieser Mann war Adrian Temple, und ich glaube, dass in der Durchsicht dieses Tagebuchs, der Ursprung von John Maltravers Verderben gesucht werden muss.

Das Manuskript war wunderbar verfasst, in einer klaren, aber gedrängten Schreibweise des 18. Jahrhunderts. Man hatte die Vorstellung von einem Mann, der mit Bedacht schrieb und den Wunsch hatte, seine Eindrücke akkurat, und für zukünftige Bezugnahmen, wiederzugeben.

Der Stil war ausgezeichnet, und die darin zu findenden, genauen Einzelheiten, waren oft von hohem antiquarischem Interesse, aber die Niederschrift war durchweg von unfeinen Dingen verdorben.

Adrian Temples Leben hatte unzweifelhaft einen so eindeutigen Einfluss auf John gehabt, dass eine kurze Beschreibung, wie aus den Tagebüchern entnommen, notwendig ist, um das dann Kommende zu verstehen.

Temple ging im Jahre 1737 nach Oxford. Er war siebzehn Jahre alt und ohne Eltern, Brüder und Schwestern. Er besaß die Royston-Güter in Derbyshire, die damals, wie auch heute, ein höchst wertvolles Besitztum waren.

Seine Tagebücher begannen mit dem Jahr 1738. Obwohl er damals nicht viel mehr war als ein Junge, hatte er bereits von jedem unerlaubten Vergnügen gekostet, das Oxford anbot.

Seine Versuchungen waren ohne Zweifel groß, denn neben der Tatsache, dass er reich war, war er auch schön und hatte wahrscheinlich nie eine richtige Kontrolle gekannt, zumal beide seiner Eltern starben, als er noch sehr jung war.

Trotz weiterer Verfehlungen war er ein ausgezeichneter Schüler. Als er sein Diplom erhielt, wurde er sofort als ständiges Mitglied des St. Johns College aufgenommen. Dort bewohnte er dann eine Gruppe von Räumen mit Blick auf den Garten. Seitdem war er kaum in Royston und lebte in dieser Zeit entweder in Oxford oder auf dem Kontinent.

Dann machte er die Bekanntschaft von Jocelyn, den er als Kumpel und Sekretär engagiert hatte. Jocelyn war sicherlich ein Mann mit Talenten, führte aber ein unregelmäßiges Leben. Ohne Zweifel war er ein Komplize in vielen von Temples Exzessen.

Im Jahre 1743 unternahmen beide die sogenannte 'Große Tour'. Obwohl es nicht sein erster Besuch dort war, fühlte Temple zum ersten Mal die Faszination des heidnischen Italiens – eine Faszination, die sich danach mit jedem Jahr seines Lebens verstärkt hatte.

Als er von seiner Reise zurückkam, befand er sich mitten in den aufrührerischen Ereignissen des Jacobitenaufstands im Jahre 1745.

Er war ein glühender Anhänger von James Francis Edward Stuart, genannt der 'Pretender' und machte keine Anstalten, seine Ansichten zu verstecken.

Jakobinische Tendenzen waren in der Tat vorherrschend am College zu dieser Zeit, und wenn dies die Summe seiner Verfehlungen gewesen wäre, hätte man wahrscheinlich seitens der dortigen Autoritäten wenig Notiz genommen.

Aber das unrühmliche, wilde Leben sprach gegen den jungen Mann, und bestimmte, dunkle Verdachtsmomente konnten nicht so leicht übergangen werden.

Nach dem Fiasko der Rebellion schien Dr. Holmes, damals Präsident des Colleges, Temple zu einem Sündenbock zu machen. Ihm wurde die ständige Mitgliedschaft entzogen und, obwohl er nicht formell ausgestoßen wurde, übte man soviel Druck auf ihn aus, dass es im Ergebnis zu seinem Verlassen des St. Johns College führte, und er nach Magdalen Hall umzog.

Dort sicherte ihm offensichtlich sein großer Reichtum genügend Rücksichtnahme, und man gab ihm dort die besten Räume, genau diejenigen, die auf die College Lane blicken und die Sir John Maltravers später belegte.

In der ersten Hälfte des 18. Jahrhunderts war die Romantik des Mittelalters, obwohl im Sterben begriffen, noch nicht tot, und die okkulten Wissenschaften fanden immer noch Anhänger innerhalb der Türme von Oxford.

Von frühesten Jahren an schien der Geist von Temple stark auf Mystizismus aller Art gerichtet zu sein. Er und Jocelyn waren versiert in den Fachbegriffen der Alchemisten und Astrologen und praktizierten die alten Riten

Es war sein Ruf als Geisterbeschwörer gewesen und die Geschichten von unerlaubten Ritualen in den Gärten von St. Johns, die hauptsächlich zu seiner Entlassung von diesem College geführt hatten.

Er machte auch die Bekanntschaft von Francis Dashwood, dem berüchtigten Lord le Despencer, und an vielen Winternächten sah man ihn durch die nebligen Flusswiesen der Themse reiten, hin zur Tür der schwindlerischen und scharlatanischen Franziskaner Abtei. In seinen Tagebüchern gab es mehr als einen Eintrag über diese 'Franziskaner' und die namenlosen Orgien von Medmenham.

Er war der Musik sehr zugetan. Das allein war schon eine Leistung, die selten genug war, und eine noch seltenere Sache war es, dass ein Landbesitzer auf der Violine spielte. Dennoch tat er das, behielt aber seine Leidenschaft sehr für sich selbst, da man in diesen Tagen von der Fiedelei nicht viel hielt.

Seine musikalischen Kenntnisse waren insgesamt außergewöhnlich, und er war der erste Besitzer der Stradivari-Violine, die später so unglücklich in die Hände von Sir John fiel.

Diese Violine hatte Temple im Herbst 1738 gekauft, bei seinem ersten Besuch in Italien. Im Jahr zuvor starb der dreiundneunzigjährige Antonius Stradivarius, der größte Violinenbauer, den die Welt je gesehen hat. Nach dem Tod von Stradivari wurde ein Lagerbestand von Geigen aus seinem Geschäft durch Auktion verkauft. Temple war gerade mit einem Privatlehrer auf einer Reise nach Cremona, und er kaufte auf der Auktion dieses bestimmte Instrument, das uns anschließend so viel Anlass gab, es kennenzulernen.

Ein Eintrag in seinem Tagebuch bezifferte die Kosten auf vier Louisdor und er schrieb, dass damit eine kuriose Geschichte verbunden sei. Obwohl es aus Stradivaris goldener Periode war, und das beste Instrument, das je hergestellt wurde, wollte Stradivari sie nie verkaufen, und sie hing für mehr als dreißig Jahre in seinem Geschäft.

Man sagte, dass er aus einer Laune heraus, als er im Sterben lag, befohlen hatte, sie zu verbrennen. Wenn dem wirklich so war, wurden die Anweisungen nicht befolgt, und nach seinem Tod kam sie unter den Hammer.

Adrian Temple erkannte von Anfang an den großen Wert dieses Instruments. Seine Aufzeichnungen zeigten, dass er es nur an ganz bestimmten, speziellen Gelegenheiten benutzte. Zweifelsohne war es wegen des besseren Schutzes, dass er sich das verstecke Schränkchen ausgedacht hatte, worin sie Sir John schlussendlich entdeckte.

Die späteren Jahre in Temples Leben wurden meistens in Italien verbracht. Auf der 'Scoglio di Verere', in der Nähe von Neapel, baute er die Villa de Angelis, und dort verbrachte er von da an alle Monate, außer die heißesten.

Kurz nach Fertigstellung der Villa hatte ihn Jocelyn plötzlich verlassen und wurde ein Kartäusermönch.

Eine bissige Bemerkung in seinem Tagebuch deutete darauf hin, dass selbst dieser verdorbene Parasit schockiert war, durch etwas, das er gesehen hatte, und dadurch in die strengste Form dieser Religion gedrängt wurde.

In Neapel wurde Temples dunkles Leben noch dunkler. Er vertrödelte seine Zeit mit Neuplatonismus und gab damit an, dass er, genau wie Plotinus, zweimal den Kreis der Vernunft durchquert und die göttliche Verwirklichung genossen hatte; aber selbst die Ideale dieser einfachen Lehre wurden in seinem teuflischen Leben noch weiter entwertet.

Mehr als einmal in seinem Manuskript erwähnte er den Namen der *Gagliarda* von Graziani, die bei mysteriösen heidnischen Ereignissen gespielt wurde, welche diese Enthusiasten in Neapel wiederbelebt hatten. Die Melodie hatte sich offenbar tief in sein Gedächtnis eingegraben.

Der letzte Eintrag in sein Tagebuch war am 16. Dezember im Jahre 1752. Er war zu dieser Zeit für ein paar Tage in Oxford, ging aber kurz danach nach Neapel zurück.

Der Zufall, gerade sein zweites Buch fertiggestellt zu haben, hatte ihn ohne Zweifel veranlasst, es in dem geheimen Schränkchen zurückzulassen. Es ist wahrscheinlich, dass er ein drittes angefangen hatte, das aber nie gefunden wurde.

Als ich das Manuskript gelesen hatte, war ich sprachlos angesichts des klaren und leichten Stils des Autors und fand, dass sich mein Interesse für den Bericht eher verstärkte, als verringerte.

Nach einer Weile war das Studium desselben aber unaussprechlich schmerzvoll für mich geworden. Nichts hätte mich mehr in meinem Beschluss bestärkt, es komplett zu bewältigen, als die Überzeugung, dass es eine echte Hilfe für meinen armen Freund Maltravers sein kann. Ich musste deshalb so viel wie möglich über alle Umstände wissen, die mit seiner Krankheit verbunden waren.

So wie es war, fühlte ich, dass ich eine Atmosphäre von moralischer Verseuchung atmete, während der Durchsicht des Manuskripts. Bestimmte Passagen davon sind seitdem gelegentlich zurückgekommen und suchen mich heim, trotz aller Bemühungen sie aus meinem Gedächtnis zu streichen.

Als ich aufgrund der dringenden Einladung von Miss Maltravers nach Worth kam, fand ich meinen Freund Sir John schrecklich verändert vor.

Es war nicht nur, dass er körperlich schwach war, er hatte zudem auch völlig das jugendliche Verhalten verloren, welches, obwohl undefinierbar, so wertvoll ist und eine scharfe Trennungslinie zieht, zwischen dem ersten Abschnitt des Lebens und dem mittleren Lebensalter.

Die auffälligste Eigenschaft war aber die außergewöhnliche Blässe seiner Gesichtsfarbe, die sein Gesicht mehr einer subtilen Kopie aus weißem Wachs ähnlich machte, als dem eines lebenden Mannes.

Er hieß mich eher zurückhaltend willkommen, aber mit augenscheinlicher Ernsthaftigkeit. Es gab überhaupt keine Hindernisse, wie sie oft das erneute Wiedersehen von Freunden begleitet, deren herzliche Beziehungen unterbrochen wurden.

Ab der Zeit meiner Ankunft in Worth, bis zu seinem Tod, waren wir ununterbrochen zusammen. In der Tat war ich dann aber doch sehr betroffen über sein fast kindisches Missfallen, für einige Momente alleine gelassen zu werden. Als die Nächte herankamen, hatte sich dieses Gefühl verstärkt. Parnham schlief immer im Zimmer seines Herrn, aber jedes Mal, wenn der Diener auch nur für eine Minute weggehen musste, rief er nach Raffaele Carotenuto oder mir, um bis zu seiner Rückkehr bei ihm zu sein.

Seine Nerven waren schwach, er erschrak heftig bei jedem unerwarteten Geräusch und, vor allen Dingen, fürchtete er sich vor der Dunkelheit. Als die Nacht hereinbrach, brachte man ihm zusätzliche Leuchten in sein Zimmer, und selbst wenn er sich schlafen legte, bestand er auf einem starken Licht neben seinem Bett.

Ich hatte oft in Büchern über Leute gelesen, die einen 'gehetzten' Gesichtsausdruck hatten. Ich hatte über diesen Ausdruck gelacht und ihn als bieder und nichtssagend betrachtet. Aber als ich nach Worth kam, erkannte ich dessen Wahrheit.

Wenn es jemals ein Gesicht gegeben hat, das so einen gehetzten – ich hätte fast geschrieben 'verhexten' – Anblick hatte, war es das weiße Gesicht von John Maltravers. Sein Auftreten schien das eines Mannes zu sein, der fortwährend die Ankunft schlimmer Nachrichten erwartete. Manchmal erinnerte es mich schmerzvoll an die schuldbewusste Erwartung eines Verbrechers, der weiß, dass ein Haftbefehl zu seiner Festnahme ausgestellt ist.

Während meines Besuches sprach er mit mir regelmäßig über sein vergangenes Leben, und anstatt Zurückhaltung bei diesem Thema zu zeigen, war er dankbar für die Gelegenheit, seine Gedanken zu entlasten.

Ich entnahm seinen Äußerungen, dass das Lesen von Adrian Temples Memoiren einen tiefen Eindruck auf ihn gemacht hatte, die ohne Zweifel noch durch die Vision verstärkt wurde, die er glaubte, in den Räumen in Oxford gesehen zu haben und durch die Entdeckung des Portraits in Royston. Was dieses letztere, sonderbare Phänomen anbelangt, kann ich keine Antwort anbieten.

Das romantische Element in seiner Veranlagung machte ihn besonders anfällig für die Faszination des Mystischen, die durch Temples Berichte hindurchatmet.

Er sagte mir, dass er fast von Anbeginn an, als er sie las, mit dem Verlangen erfüllt war, diese Plätze zu besichtigen und das seltsame Leben, von dem er sprach, wieder aufleben zu lassen. Diese Neigung konnte er zuerst noch im Zaum halten, aber Stück für Stück wurde sie stark genug, um ihn zu beherrschen.

Ich zweifele nicht daran, dass die Musik der *Gagliarda* von Graziani einen großen Anteil an seinem mentalen Niedergang hatte.

Es ist seltsam, dass Michael Praetorius in seiner *Syntagma musicum* über die 'Galliard' spricht, eine Art des Tanzes, der im italienischen als 'Gagliarda' bezeichnet wird, und sie als 'Erfindung des Teufels, voll von beschämenden und unbescheidenen Bewegungen' bezeichnet, und die einzigartige Melodie der *Gagliarda* in der *Areopagita*-Suite hatte sicherlich von Anfang an einen seltsamen Einfluss auf mich gehabt.

Ich werde hier nicht mehr tun, als die Frage nur kurz anzuschneiden, denn ich sehe, dass Miss Maltravers darüber sehr ausführlich gesprochen hat.

Ich will nur sagen, dass mir diese immer noch frisch im Gedächtnis ist, obwohl ich seit dem Tod von Sir John keine einzige Note davon gehört hatte. Sie hat sich mir manchmal unerwartet präsentiert, und immer mit verderblichen Auswirkungen. Ich habe dies gewöhnlich in Zeiten körperlicher Schwäche erfahren, und die selbe Melodie hatte ohne Zweifel einen ähnlichen Einfluss auf Sir John, was wegen seiner empfindungsfähigen Natur von Anfang an schädlicher war.

Ich sage dies mit Bedacht, denn ich bin sicher, dass manche Musik gut für die Menschheit ist und sie erhöht; andere Melodien sind in gleicher Weise schlecht und entnervend.

Eine Erfahrung, die viel umfangreicher ist als die, die wir jetzt haben, ist notwendig, um uns in die Lage zu versetzen zu sagen, wie weit sich dieser Einfluss ausdehnen kann. 'Wie weit', bedeutet, dass der Verstand einerseits auf pure Ablehnung gelenkt werden kann, durch den systematischen Gebrauch von bestimmter Musik oder, andererseits, auf verbotene und gefährliche Vergnügen, durch Melodien in der gegenteiligen Richtung.

Bei der Gelegenheit einer Reise in die Flitterwochen trieb ihn ein Impuls an, die Schauplätze zu besuchen, die so oft in Temples Tagebüchern erwähnt wurden. Er konnte diesen zu jener Zeit nicht erklären, die nachfolgenden Ereignisse überzeugen mich aber, dass es die verhexte Anregung durch die *Gagliarda* war, die ihn dazu getrieben hatte.

Er war immer ein ausgezeichneter Schüler gewesen und ein klassisches Beispiel für überdurchschnittliche Fähigkeiten. Rom und Süditalien erfüllten ihn mit einer seltsamen Freude.

Seine Bildung erlaubte es ihm, alles in vollem Umfang zu würdigen; in seiner Vorstellung bevölkerte er die Bühne mit den Figuren der ursprünglichen Schauspieler und versuchte sich in sie hineinzudenken.

Er begann in großem Umfang klassische Literatur zu lesen, nicht länger aus der Sicht eines Schülers, sondern von einem literarischen Standpunkt aus. In Rom verbrachte er viel Zeit in den Buchläden und fand da Ausgaben von zahlreichen Autoren des späteren Römischen Reichs und auch solche der alexandrinischen Philosophen, die man selten in England sieht. In diesen fand er eine neue Ergötzung und Nahrung für seine Mystik.

Solche Studien, wenn man es übertreibt, sind wahrscheinlich gefährlich für den englischen Charakter, und so war es bestimmt auch für einen Mann mit den romantischen Sympathien von Maltravers.

Das Lesen dieser Bücher hatte bald Auswirkungen auf seinen Geist. Wenn er schon das Christsein nicht eindeutig ablegte, wie ich befürchte, dass er es getan hat, hatte er es zumindest mit anderen Lehren verfälscht, bis es für ihn zu Neuplatonismus wurde.

Diese verführerischste aller Philosophien, die so viele großen Geister, wie Proclus, Augustinius und die Renaissancisten, ergriffen hatte, fand einen leicht zu überzeugenden Konvertiten in John Maltravers.

Sein leidenschaftliches Verlangen nach dem ungewissen und undefinierten Gott, seine Toleranz für ästhetische Eindrücke, der liebenswürdige Aberglauben seines lebhaften Pantheismus, all das fand einen Widerhall in seinem Wesen.

Seine Gedanken, wie er mir sagte, wurden ausgefüllt mit einer unermesslichen Sehnsucht nach der alten Kultur der heidnischen Philosophie, und so, wie die Vergangenheit klarer und wirklicher wurde, so wurde die Gegenwart dunkler, und seine Gedanken wurden allmählich entwöhnt von natürlicher Zuneigung und Interesse, die ihn sonst beschäftigt hatten.

Bis zu welch schrecklichem Ausmaß dieser Prozess fortschritt, zeigt der Bericht von Miss Maltravers.

Bald, nachdem er Neapel erreicht hatte, besuchte er die Villa de Angelis, die Temple auf den Ruinen eines am Meer gelegenen Hauses von Pomponius gebaut hatte.

Das später errichtete Gebäude war wiederum baufällig geworden und wurde abgetragen. Sir John hatte keine Probleme, die Stätte vollständig zu erwerben. Später hatte er es wieder in größeren Dimensionen aufgebaut und war darum bemüht, mit seiner Einrichtung den Luxus des späteren Imperiums wiederzugeben.

In meiner Eigenschaft als Testamentsvollstrecker hatte ich die Gelegenheit, das Haus mehrmals zu besuchen. Ich fand dabei unschätzbare Kunstwerke vor. Obwohl sie zu jener Zeit weder schwer herzustellen, noch so teuer waren, wie es heute der Fall ist, waren sie auch damals wertvoll genug, um unvertretbare Kosten zu verursachen.

Die Lage des Gebäudes begünstigte seine Schwärmerei für die Vergangenheit. Es lag zwischen der Bucht von Neapel und der Bucht von Baia, und von seinen Fenstern aus hatte man die gleiche vorzügliche Aussicht, die schon Cicero und Lucullus, Severus und Antoninen verzaubert hatte.

Direkt nebenan war Baia, der fürstliche Badeort des Imperiums. Die luxuriöseste und verschwenderischte aller antiken Städte überlebte die Katastrophen der Epoche. Sie verlor nur in der Zeit des 15. Jahrhunderts ihr bürgerliches Fortbestehen und wurde die Ruinenstadt von heute.

Aber ein Fortbestand von Verruchtheit kann nicht so leicht unterbrochen werden, und diejenigen, die den Ort am besten kennen, sagen, dass er immer noch mit Erinnerungen an eine schändliche Vergangenheit belastet ist.

Für Meilen entlang dieser verhexten Küste kann man die Füße auf nichts stellen, ausgenommen auf die Ruinen einer prächtigen Villa, und über allem brütet ein Geist der Korruption und des Verfalls, wirklich spürbar und erdrückend.

Die Morgendämmerung, die Sonnenuntergänge und die durch die Meeresbrise temperierte Mittagssonne, sind all denjenigen bekannt, die den Zauber kennen, und für diejenigen, die es nie gesehen oder erfahren haben, gibt es keine Worte, dies zu beschreiben.

Es gibt aber bösartige Dämpfe, die aus dem Körper der Vergangenheit aufsteigen, der noch nicht ganz begraben ist. Die meisten kultivierten Engländer, die dort länger verweilen, fühlen deren Einfluss, wie es auch John Maltravers tat. Wie so viele *decepti deceptores*, also betrogene Betrüger, der neoplatonischen Schule, praktizierte er aber nicht die Verleugnung, die ihm von dem Kult auferlegt wird, zu dem er sich bekannte.

Obwohl er viel zu gebildet war, wie ich glaube, um in die Sinnenlust zu versinken, wie Temples Tagebücher es offenbarten, war es doch die Befriedigung körperlicher Neigungen, durch die er sich bemühte die göttliche Ektase zu erreichen. Es gab fortwährend opulente und schwelgerische Vergnügungsveranstaltungen in der Villa, wo seltsame Gäste anwesend waren.

In einem solchen albtraumhaften Leben kann man nicht erwarten, dass ein Geist Ruhe findet und der von Maltravers hat mit Sicherheit keine gefunden.

Alle Sorgen, die gewöhnlich die Gedanken eines Mannes beherrschen, alle Gedanken an Frau, Kind oder Zuhause wurden – natürlich – aufgegeben.

Dennoch wurde er von einer wilden Hast gepackt, die ihn nie in Ruhe gelassen hatte. Obwohl er mir dazu nichts sagte, glaube ich dennoch, dass die Art und Weise der Dinge, wie er sie in Oxford und Royston gesehen hatte, ihm an mehr als nur bei einer Gelegenheit wieder erschienen sind.

Es musste mit der vagen Hoffnung verbunden gewesen sein, wie ich glaube, dass er das Gespenst 'erlegen' könnte, als er sich mit Eifer daranmachte, zu entdecken, wo oder wie Adrian Temple gestorben war.

Er erinnerte sich daran, dass die Tradition in Royston davor sprach, dass er im Jahre 1752 in Neapel ein Opfer der Pest geworden war. Er wurde von der Vorstellung gepackt, dass das nicht der Fall war. Ich glaube fast daran, dass sich im Unterbewusstsein vorstellte, Temple sei noch am Leben.

Über die Art und Weise, wie er schließlich das Skelett entdeckt oder von den Vorfällen Kenntnis erlangt hatte, die Temples Tod vorausgingen, kann ich nichts sagen. Er hatte versprochen, mir diese eines Tages ausführlich zu erklären, aber sein plötzlicher Tod verhinderte, dass er dies jemals tun konnte.

Die Umstände, wie er sie erzählte, und woran ich wenig Zweifel habe, dass sie sich so ergeben haben, waren diese:

Nachdem Jocelyn ihn verließ, hatte Adrian Temple einen gewissen Palamede Domacavalli zu seinem Vertrauten gemacht, ein Spross einer berühmten neapolitanischen Familie, die diesen Namen trug.

Palamede hatte einen Palast im Herzen Neapels und war Temple gleichgestellt, im Alter und im Reichtum. Die beiden Männer wurden Zechbrüder, die bei allerlei Boshaftigkeiten und Exzessen vereint waren.

Schließlich heiratete Palamede ein wunderschönes Mädchen namens Olimpia Aldobrandi, die auch aus höchsten Adelskreisen kam, aber die enge Beziehung zwischen ihm und Temple wurde nicht unterbrochen.

Etwa ein Jahr nach seiner Hochzeit tanzte man nach einem prächtigen Bankett im großen Saal des Palazzo Domacavalli. Adrian, der ein bevorzugter Gast war, rief den Musikern auf dem Balkon zu, die *Areopagita*-Suite zu spielen, und tanzte sie mit Olimpia, der Frau seines Gastgebers.

Man kam zur *Gagliarda*, die aber nicht beendet wurde, da Palamede, nahe am Ende des zweiten Taktabschnitts, von hinten ein Stilett in das Herz seines Freundes stieß. Er hatte herausgefunden, dass Adrian noch nicht einmal die Ehre von Olimpia unversehrt gelassen hatte.

Ich habe versucht, die bekannten Tatsachen in einer zusammenhängenden Geschichte unterzubringen, wie ich sie, Stück für Stück, im Gespräch mit Sir John zusammengetragen habe.

Zu einem gewissen Grad gibt sie uns, wenn nicht eine Erklärung, dann aber doch einen Bericht über die Veränderungen, die über meinen Freund gekommen sind – allerdings nur zu einem gewissen Grad, denn an dieser Stelle endeten seine Ausführungen, und ich wurde irritiert zurückgelassen.

Ich kann mir vorstellen, dass ein Leben in unzuträglicher Umgebung und mit gestörten Studien, manchmal zu einem Verlust des geistigen Spannungszustands führen kann, der wiederum zu einer Hypersexualität führt, zu sinnlichen Exzessen und körperlichem Ruin.

Im Falle von Sir John war es aber anders. Soweit ich das weiß, hat er die Zügel niemals den Sinnesfreuden überlassen, und der Wandel war zu abrupt und der Zusammenbruch von Körper und Geist zu umfassend, um durch solcherlei Ereignisse, über die wir gesprochen haben, erklärt werden zu können.

Ich hatte auch noch ein anderes, ungutes Gefühl, das sich in mir verstärkte, je öfter ich ihn sah. Denn, während er mit mir über bestimmte Themen sprach und dabei offensichtlich meinte, einen kompletten Überblick über sein Leben zu vermitteln, gab es in Wirklichkeit etwas im Hintergrund, das er immer vor mir verborgen hatte.

Er erschien mir wie ein junger Mann zu sein, der von seinem nachsichtigen Vater gefragt wird, seine Schulden offenzulegen, damit er sie aus der Welt schaffen kann. Obwohl er die Milde seines Vaters kennt und obwohl er weiß, dass alles, was er jetzt nicht offenlegt, ihm später wie ein Gewicht am Hals hängt, zögert er dennoch aus Scham, den ganzen Betrag zu nennen und hält einiges zurück.

Also hielt der arme Sir John etwas vor seinem Freund zurück, dessen Absicht es war, ihm Trost und Erleichterung zu verschaffen, und dessen Mitleid ihn dazu gebracht hätte, sich ohne Vorwurf selbst die dunkelsten Verbrechen anzuhören.

Ich kann kaum sagen, wie mich diese Überzeugung betrübt hat. Ich hätte ihm freiwillig alles gegeben, sogar mein eigenes Leben, um meinen Freund und Miss Maltravers Bruder zu retten.

Meine Bemühungen wurden aber gelähmt, durch den Eindruck, dass ich nicht wusste, gegen was ich kämpfen sollte und weil er von einem teuflischen Einfluss bearbeitet wurde, der sich fortwährend meinem Griff entzog.

Ein- oder zweimal schien es so, dass er sehr nahe dran, mir alles zu erzählen. Ich denke, dass er sich das auch wirklich vorgenommen hatte, aber dann veränderte sich seine Laune oder – was wahrscheinlicher war – verließ ihn sein Mut.

Es war bei einer dieser Gelegenheiten, als er mich recht plötzlich fragte, ob ich dächte, dass sich ein Mann, durch eine bewusste Tat in seinem leibhaftigen Leben, alle Möglichkeiten der Buße und der endgültigen Erlösung nehmen könnte. Obwohl ich glaube, ein ernsthafter Christ zu sein, bin aber kein Theologe.

Diese Frage, die ein Thema berührt, das mir von frühester Kindheit an nie in den Sinn gekommen ist und das eher zu mittelalterlichen Legenden passt, als zur praktischen Religion, hatte mich kurz erschreckt. Ich hielt einen Moment inne. Dann antwortete ich, dass die Heilswerkzeuge, die dem Menschen angeboten werden, ohne Zweifel so wirkungsvoll sind, dass sie dem wirklich Reuigen jede Schuld an einem Verbrechen abnehmen, wie finster es auch ist.

Ich hatte nur für einen kurzen Augenblick gezögert, aber Sir John schien es bemerkt zu haben und verschloss seine Lippen für jegliches Geständnis, falls er je vorhatte, ein solches zu machen, und wechselte das Thema.

Diese Frage war natürlich Anlass für mich, ernsthaft nachzudenken und besorgt zu sein. Es war die erste Gelegenheit, an der er mir so erschien, als dass er tatsächlich unter einer eindeutigen Wahnvorstellung litt, und ich war mir bewusst, dass jegliche Trugbilder, die mit Religion zusammenhängen, allgemein schwer zu beseitigen sind.

Gleichzeitig waren, im Fall von Sir John, alle Dinge dieser Art bemerkenswerter, da er, wie ich weiß, den christlichen Glauben, für eine beachtliche Zeitspanne, völlig abgelegt hatte.

Ich war nicht in der Lage, weitere Informationen von ihm zu bekommen und dadurch auf meine eigenen Mittel angewiesen. Deshalb beschloss ich, Temples Tagesbücher noch einmal vollständig durchzulesen.

Die Aufgabe war sehr widerwärtig, wie ich bereits erklärt hatte; ich hoffte aber, dass ein zweites Lesen vielleicht etwas mehr Licht auf die dunklen Befürchtungen werfen würde, die Sir John Kummer bereiteten.

Ich habe das Manuskript nochmals mit größter Aufmerksamkeit gelesen. Jedoch erschien es mir so, dass mir, bei den vorherigen Gelegenheiten, nichts von Bedeutung entgangen ist.

Ich hatte fast das Ende des zweiten Buchs erreicht, als eine vergleichsweise geringe Sache meine Aufmerksamkeit erregte.

Ich sah, dass die Seiten sorgfältig durchnummeriert waren, und die Ereignisse des Tages wurden darin separat aufgezeichnet. Selbst wenn Temple nichts Wichtiges an einem Tag notieren konnte, hatte er trotzdem ein Datum eingefügt, mit dem Vermerk 'nichts' darunter.

Als ich aber eines Abends in der Bücherei von Worth saß, nachdem Sir John zu Bett gegangen war und ich zum Abschluss durch die Tage der Monate in Temples Tagebuch ging, um zu sehen, ob sie alle vollständig da sind, entdeckte ich, dass da ein Tag fehlte.

Es war gegen Ende des zweiten Buchs, und der Tag war der 23. Oktober im Jahr 1752. Ein Blick auf die Nummerierung der Seiten zeigte mir, dass drei ganze Blätter vollständig entfernt worden waren, und dass dadurch die vorne und hinten befindlichen Seiten 349 bis 354 nicht gefunden werden konnten.

Ich ging noch einmal durch die Tagebücher durch, um zu sehen. ob es noch weitere Blätter gab, die an anderer Stelle entfernt worden sind. Alles war aber vollständig, bis auf diesen Tag.

Das Manuskript wurde sorgfältig geschrieben, fast durchweg ohne Fehler oder Verbesserungen. Bei genauerer Hinsicht zeigte sich, dass diese Blätter nahe am Buchrücken ausgeschnitten wurden, und die Schnittflächen des Papiers erschienen zu frisch zu sein, als dass sie ein Jahrhundert zuvor entstanden wären. Ein kurzes Nachdenken überzeugte mich, dass die Entfernung nicht durch Temple vorgenommen wurde, sondern durch Sir John.

Zuerst hatte ich die Absicht, ihn sofort zu fragen, was die verschwundenen Seiten beinhalteten und warum sie herausgeschnitten wurden. Es könnte einen banalen Grund gehabt haben, den er schnell hätte erklären können.

Als ich aber leise seine Schlafzimmertür aufmachte, fand ich ihn schlafend vor und Parnham, der bei ihm schlief, und den das starke Licht, das immer im Raum brannte, wachhielt, sagte mir, dass sein Herr schon seit einer Stunde in einen tiefen Schlaf gefallen war. Ich wusste, wie sehr seine verbrauchten Energien eine solche Erholung brauchten, und ging zurück in die Bücherei, ohne ihn zu stören.

Einige Minuten zuvor, bei Beendigung meiner Aufgabe, hatte ich mich schläfrig gefühlt. Nun aber war jeder Wunsch nach Schlaf urplötzlich verbannt und es trat ein schmerzliches Wachgefühl ein.

Ich befand mich in einer Art von mentaler Erregung, die mich an meine Gefühle einige Jahre zuvor in Oxford erinnerte, als wir die *Gagliarda* zum ersten Mal zusammen gespielt hatten. Es überkam mich die Idee, mit der Kraft einer Eingabe, dass das Geheimnis des Ruins meines Freundes in diesen drei verlorenen Blättern lag.

Ich widmete mich dem Inhalt, um zu sehen, ob es da in den Eintragungen etwas gab – vor oder nach der Lücke – die einen Hinweis auf das geben könnte, was die fehlende Passage enthält.

Die Aufzeichnungen der wenigen Tage vor dem 23. Oktober waren kurz und enthielten absolut nichts von Bedeutung. Adrian und Jocelyn waren alleine zusammen in der Villa de Angelis.

Der Eintrag am 22. war sehr unbedeutend, augenscheinlich vollständig, und endete auf Seite 348. Was den 23. betrifft, gab es, wie ich schon sagte, keinerlei Aufzeichnungen, und der Eintrag für den 24. begann oben auf Seite 355.

Diese letzte Notiz war ebenfalls sehr kurz und wurde geschrieben, als der Verfasser sehr verärgert darüber war, dass Jocelyn ihn verlassen hatte.

Die Abtrünnigkeit seines Kumpels kam offensichtlich völlig unerwartet. Es gab zumindest keinen vorhergehenden Hinweis auf eine solche Absicht.

Temple schrieb, dass Jocelyn die Villa de Angelis an diesem Tag verlassen hatte, um zukünftig bei den Kartäusern in San Marino zu leben. Es wurde kein Grund für diese außergewöhnliche Entscheidung genannt, aber es gab ein Hinweis darauf, dass Jocelyn sich erschüttert gezeigt hatte, über etwas, das passiert war. Der Eintrag schloss mit einigen bitteren Bemerkungen: *'So lebe wohl mein heiliger Einsiedler; und wenn ich ihm schon nicht die Lepra aufheizen kann, wie es Elisha mit einem Diener tat, so geht er doch wenigstes aus meiner Gegenwart, mit einem Gesicht, so weiß wie Schnee.'*

Ich hatte diesen Satz zuvor schon öfter als einmal gelesen, ohne dass er mir mehr als eine vorübergehende Beachtung wert war. Der seltsame Ausdruck, dass Jocelyn aus seiner Gegenwart ging, mit einem Gesicht weiß wie Schnee, erschien mir bisher als nicht mehr, als dass die beiden Männer sich unter heftigem Ärger getrennt hatten, und dass Temple seinen Gefährten geschmäht oder schikaniert hatte Aber wie ich in dieser Nacht so alleine in der Bücherei saß, schienen diese Worte eine ganz andere Kraft anzunehmen, und ein seltsamer Verdacht schien über mich zu kommen.

Ich hatte gesagt, dass die tödliche Blässe eine der auffälligsten Merkmale von Sir Johns Krankheit war. Obwohl ich nunmehr schon einige Zeit in Worth verbracht hatte und täglich von diesem Fehlen von Farbe betroffen war, hatte ich mich, in diesem Zusammenhang, nie zuvor daran erinnert, dass diese seltsame Blässe auch ein Merkmal von Adrian Temple war.

Es wurde in der Tat auch sehr deutlich in dem von Battoni gemalten Bild hervorgehoben.

Darüber hinaus, sprach Sir John in seinen Schilderungen der Vision, die er in Oxford glaubte, gehabt zu haben, immer von dem weißen und wachsartigen Gesicht seines geisterhaften Besuchers. In der Familientradition von Royston sagte man, dass Temple seine Farbe bei irgendeinem teuflischen Experiment verloren hatte.

Es überkam mich nun die Überzeugung, dass sich die Worte über Jocelyns Gesicht, 'so weiß wie Schnee', nur auf die gleiche, unnatürliche Blässe beziehen konnten, und dass auch er von ihr befallen war, wie die Kennzeichnung eines Tieres.

In einer Schublade meiner Versandkiste habe ich alle Briefe, welche die verstorbene Lady Maltravers während ihrer unglücklichen Hochzeitsreise nach Hause geschickt hat, bei mir aufbewahrt. Miss Maltravers hatte diese in meine Hände gelegt, damit ich von allen Fakten in Kenntnis gesetzt werde, die in irgendeiner Weise den Fortschritt von Sir Johns Krankheit erklären könnten.

Ich erinnere mich, dass in einem dieser Briefe eine starke Fieberattacke erwähnt worden ist und dass sie, zum ersten Mal, diese sonderbare Blässe bemerkt hatte.

Ich hatte den Brief ohne Schwierigkeiten wiedergefunden und las ihn in einem neuen Licht. Jeder Zeile atmete von Überraschung und Aufregung. Lady Maltravers befürchtete, dass ihr Ehemann ernsthaft krank war.

An dem Mittwoch, zwei Tage, bevor sie schrieb, wurde er von einer seltsamen Unruhe ergriffen, die sich noch verstärkt hatte, als sie sich zu Bett zurückgezogen hatten.

Er konnte nicht schlafen, hatte sich wieder angezogen und sagte, dass er ein wenig in der Nacht spazieren gehen wolle, um sich zu beruhigen. Er ist erst um sechs Uhr am Morgen zurückgekommen und schien so ausgelaugt zu sein, dass er seit dieser Zeit ans Bett gefesselt war. Er war schrecklich bleich und die Ärzte glaubten, dass er von einem seltsamen Fieber gepackt wurde.

Das Datum des Briefes war von 25. Oktober und gibt die Nacht von 23. als die Zeit seines ersten Anfalls an. Der Zusammenfall dieses Datums mit demjenigen, der in Temples Tagebuch fehlte, war deutlich. Nunmehr war es nicht mehr notwendig, mich zu überzeugen, dass Sir Johns gesundheitlicher Ruin mit etwas zusammenhängt, das in dieser Unheil bringenden Nacht in Neapel passierte.

Die Frage, die Dr. Frobisher Miss Maltravers stellte, als er zum ersten Mal gerufen wurde, um ihren Bruder in London zu sehen, überkam mir mit überwältigender Kraft ins Gedächtnis. Hatte Sir John einem mentalen Schock; wurde er von einer besonderen Furcht befallen?

Ich denke, dass man diese Frage hätte bejahen sollen, denn ich fühlte mich so sicher, als hätte Sir John es mir selbst bestätigt, dass er einen solchen heftigen Schock *hatte*, wahrscheinlich ein fürchterlicher Schrecken, in der Nacht vom 23. Oktober.

Was die Ursache dieses Schocks hätte sein können, war meine Vorstellung nicht in der Lage, zu erkennen. Ich wusste nur, dass es etwas mit schrecklichen Folgen war, was auch immer Sir John gesehen oder getan hatte oder Adrian Temple and Jocelyn gesehen oder getan hatten, fast ein Jahrhundert zuvor, am gleichen Ort.

Dieser Schrecken, der die Gesichter dieser drei Männer gebleicht hatte, übte vielleicht weniger Wirkung auf Temples kampferprobter Boshaftigkeit aus, hat aber den nutzlosen Jocelyn ins Kloster getrieben und Sir John ins Grab.

Als mir diese Gedanken durch den Kopf gingen, erfüllten sie mich mit einer dunklen Sorge. Die Späte der Stunde, die Stille und das gedämpfte Licht, ließen die Bücherei, in der ich saß, groß und einsam erscheinen, und ich begann die gleiche Furcht zu empfinden, allein zu sein, wie ich es so oft bei meinem Freund beobachtet hatte.

Obwohl mich nur eine Tür von ihm trennte, und ich sein tiefes und regelmäßiges Atmen hören konnte, fühlte ich mich so, als müsste ich ihn oder Parnham wecken, um mir Gesellschaft zu leisten, und mich vor meinen eigenen zu Überlegungen retten.

Mit großer Anstrengung hielt ich mich zurück und setzte mich hin, um die Angelegenheit zu überdenken. Ich hatte vor, einige Hypothesen zu formulieren, die das Rätsel vielleicht erklären könnten.

Alles war aber vergeblich; ich ermüdete nur, ohne auch nur zu einer halbwegs denkbaren Lösung zu kommen, ausgenommen, dass es so schien, die seltsame Übereinstimmung des Datums könnte auf einen gespenstischen Zauber oder Zauberspruch hinweisen, der nur an einer bestimmten Nacht des Jahres eine Wirkung hätte.

Es muss schon bald Morgen gewesen sein als ich, ziemlich erschöpft, in einen unruhigen Schlaf in den Sessel fiel, in dem ich saß. Mein Schlaf, obwohl kurz, war ausgefüllt von einer Reihe fantastischer Visionen, in denen ich Sir John fortwährend sah, nicht krank und verbraucht wie jetzt, aber lebhaft und attraktiv, so wie ich ihn von Oxford kannte.

Er stand neben einem flackernden Feuer und trug Worte vor, die ich nicht verstand, während ein weiterer Mann mit einem höhnisch lächelnden, weißen Gesicht in der Ecke saß und die Melodie der *Gagliarda* auf einer Violine spielte.

Um sieben Uhr weckte mich Parnham in meinem Stuhl auf; sein Meister, wie er sagte, schlief immer noch gut. Ich hatte mich entschieden, Sir John wegen der fehlenden Seiten zu befragen, sobald er wach war. Obwohl meine Erwartung und meine Aufregung aufs Höchste angespannt waren, war ich gezwungen, meine Neugier zu zügeln, da Sir Johns Schlaf bis spät in den Tag hinein andauerte.

Dr. Bruton sah am Morgen nach ihm und sagte, dass Schlaf das war, was der Zustand des Patienten jetzt erforderte. Es sei auch ein eindeutig gutes Zeichen; man dürfe ihn auf keinen Fall stören.

Sir John hatte sein Bett nicht verlassen und schlief den ganzen Tag durch, bis zum Abend. Als er schließlich seine Müdigkeit abschütteln konnte, war die Zeit schon so weit vorgerückt, sodass ich zögerte, trotz meiner Aufregung, mit ihm über die Tagebücher zu sprechen, und ich wollte ihn auch nicht vor der Nacht unnötig aufregen.

Als der Abend voranschritt, wurde er sehr unruhig und erhob sich mehrmals von seinem Bett. Diese Ruhelosigkeit, die der Erholung den ganzen Tag über folgte, hätte mich vielleicht besorgt machen müssen, da ich bereits beobachtet hatte, dass eine ängstliche Unruhe beim Menschen oder beim Tier dann ausgelöst wird, wenn der Tod nahe ist. Es scheint so, dass sie befürchten, schlafen zu gehen, denn wenn sie schlummern, kann sie ihr letzter Feind unversehens mitnehmen. Sie versuchen, die Bettdecke wegzuschleudern, und manchmal müssen sie ihr Bett verlassen und herumlaufen.

So war es auch mit dem armen John Maltravers an seinem letzten Weihnachtsabend.

Ich saß bei ihm und war betrübt über seine Unruhe, bis er ruhiger zu werden schien und schließlich einschlief.

In dieser Nacht schlief ich in seinem Raum, anstelle von Parnham. Müde vom Aufbleiben in der letzten Nacht, warf ich mich, angezogen, wie ich war, auf das Bett.

Ich denke, ich war gerade erst eingeschlafen, als mich der Klang einer Violine weckte.

Ich sah, dass er aus seinem Bett aufgestanden war, sein Lieblingsinstrument genommen hatte und im Schlaf spielte. Es war die Melodie der *Gagliarda* aus der *Areopagita*-Suite, die ich nicht mehr gehört hatte, seit wir sie das letzte Mal zusammen in Oxford gespielt hatten. Sie brachte eine Menge weit zurückliegender Erinnerungen und unendliches Bedauern mit sich.

Ich verfluchte die Schläfrigkeit, die mich auf meinem Posten des Wachmanns überkommen hatte und erlaubte Sir John noch einmal diese Melodie zu spielen, die immer mit so viel Bösem für ihn belastet war.

Ich war gerade dabei, ihn sanft aufzuwecken, als er durch einen seltsamen Unfall aus dem Schlaf gerissen wurde.

Als ich zu ihm hinging, schien die Violine völlig in seinen Händen zu zerfallen. Wie es war, gab die Decke nach und brach unter der Belastung der Saiten ein. Als dies passierte, wurde die letzte Note zu einem unirdischen Missklang.

Wenn ich abergläubisch gewesen wäre, würde ich sagen, dass dabei ein böser Geist aus der Violine herauskam und seinem Befreiungskampf die hölzerne Hütte zerstörte, die ihn so lange beschützt hatte. Es war das letzte Mal, dass dieses Instrument benutzt wurde und dieser scheußliche Akkord war der letzte, den Maltravers je spielte.

Ich hatte befürchtet, dass dieser plötzliche Schock des Aufwachens einen sehr nachteiligen Effekt auf den Schlafwandler ausübt, aber das schien nicht der Fall zu sein. Ich überredete ihn, sofort wieder ins Bett zu gehen, und wenige Minuten später war er wieder eingeschlafen.

Am Morgen schien es ihm zum ersten Mal wesentlich besser zu gehen; es gab in der Tat wieder etwas von seinem alten Selbst. Ich hatte den Eindruck, dass das Brechen der Violine eine wirkliche Entlastung für ihn war.

Ich glaube, an diesem Weihnachtsmorgen erwachten seine besseren Instinkte und seine alte, religiöse Ausbildung und die Vorstellungen seiner Kindheit, kamen zum letzten Mal in ihm hoch.

Ich war sehr zufrieden mit diesem Wandel, wie vorübergehend er auch sein würde.

Er wollte in die Kirche gehen, und ich beschloss, noch einmal meine Neugier zu unterdrücken und die Fragen, die in mir brannten, bis zu unserer Rückkehr vom Morgengottesdienst zurückzustellen.

Miss Maltravers war ins Haus gegangen, um einige Vorbereitungen zu treffen. Sir John war in seinem Rollstuhl auf der Terrasse, und ich saß bei ihm in der Sonne.

Für einige Momente schien er in stillen Gedanken zu sein; dann lehnte er sich in meine Richtung, bis sein Kopf nahe an meinem war, und sagte: "Lieber William, da gibt es etwas, das ich dir sagen muss. Ich glaube, ich kann nicht noch einmal in die Kirche gehen, bis ich dir alles gesagt habe."

Sein Verhalten schockierte mich jenseits jeglicher Beschreibung. Ich wusste, dass er drauf und dran war, mir das Geheimnis der verschwundenen Seiten zu offenbaren. Anstatt mir aber weiterhin zu wünschen, dass meine Neugier befriedigt wird, fühlte ich eine schreckliche Angst davor, was er als Nächstes sagen würde.

Er nahm meine Hand in seine und hielt sie fest, wie ein Mann, der kurz davor war, ernsthafte körperliche Schmerzen zu erfahren, und den Zuspruch eines Freundes sucht.

Dann sprach er: "Du wirst schockiert sein über das, was ich dir sagen werde. Hör aber zu und gebe nicht auf. Du musst zu mir stehen und mich trösten und mir helfen, wieder in die andere Richtung zu gehen." Er hielt einen Moment inne und fuhr fort: "Es war in einer Nacht im Oktober, als Constance und ich in Neapel waren. Ich nahm diese Violine und ging allein zu der Ruinenstadt auf dem Scoglio di Venere, dem Felsen der Venus."

Er hatte Schwierigkeiten beim Sprechen. Krampfhaft umklammerte er meine Hand, aber ich konnte immer noch fühlen, dass sie zitterte und sah, wie ihm der starke Schweiß auf der Stirn stand.

An diesem Punkt angelangt, schienen die Anstrengungen zu viel für ihn zu werden, und er brach ab. "Ich kann nicht weiter machen, ich kann es dir nicht sagen, aber du kannst es selbst lesen. In dem Tagebuch, das ich dir gab, fehlen einige Seiten."

Die Spannung wurde unerträglich für mich, und ich unterbrach: "Ja, ja, ich weiß, du hast sie herausgeschnitten. Sag mir, wo sie sind."

Er machte weiter: "Ja, ich habe sie herausgeschnitten, bevor sie vielleicht jemandem unbewusst in die Hände fallen. Aber bevor du sie liest, musst du schwören, sowie du auf Erlösung hoffst, dass du niemals versuchst, das zu machen, was du darin geschrieben findest. Schwör mir das jetzt oder ich kann sie dich niemals sehen lassen."

Mein Verlangen war zu groß gewesen, als dass ich jetzt innegehalten hätte, um Belanglosigkeiten zu diskutieren, und spaßeshalber schwor ich es ihm, so wie er es gewünscht hatte. Er hatte mit stetig steigender Anstrengung gesprochen und warf einen flüchtigen und ängstlichen Blick um sich herum, so als würde er annehmen, dass jemand lauschen könnte. Im Flüsterton fuhr er fort: "Du findest sie in –"

Es war höchst schmerzlich, ihn in seiner Erregung zu betrachten, und als er die letzten Worte sprach, kam ein Muskelzucken über sein Gesicht, er verlor die Sprache und sank zurück in sein Kissen.

Eine seltsame Furcht ergriff mich. Für einen Moment dachte ich, dass es noch andere Personen neben mir auf der Terrasse gab. Ich drehte mich um, in der Erwartung, dass Miss Maltravers zurückkommen würde, wir waren aber immer noch allein.

Ich stellte mir sogar vor, dass etwas schnell an mir vorbehuschte, als er seine letzten Worte sprach. Er selbst erhob seine Hände, schlug sie mit einer schmerzlichen Bewegung in der Luft herum, so, als wolle er einen Widersacher abwehren, der ihn an der Kehle gepackt hatte, und machte eine letzte Anstrengung, zu sprechen. Die Verkrampfung war aber zu stark für ihn; eine fürchterliche Stille folgte, und er war von uns gegangen.

Dem gibt es nicht mehr viel hinzuzufügen. Das Geheimnis der Schuld von Sir John verschwand mit ihm. Obwohl ich vermutete, wie es seine Gewohnheit war, dass die fehlenden Blätter irgendwo in Worth versteckt waren, und obwohl ich als Testamentsverwalter eine sehr ausführliche Suche veranlasst hatte, konnte nirgends eine Spur von ihnen gefunden werden.

Es gab auch keine Geschehnisse, die mehr Licht auf die Sache hätten werfen können. Ich muss gestehen, dass ich die Entdeckung dieser Seiten als Erleichterung empfunden hätte, dennoch hatte ich Angst davor, was ich dabei vielleicht lesen würde. Am meisten war ich aber darüber besorgt, dass sie in späteren Zeiten gefunden und in andere Hände fallen würden und dann ein erneutes Auftreten dieses Übels verursachen könnten, welches das Leben von Sir John verdorben hatte.

Über das, was an dieser Nacht in Neapel stattgefunden hatte, kann ich keine Vermutungen äußern. Da sich aber bestimmte körperliche Erscheinungen als so widerlich gezeigt hatten, dass sie den Geist zerstören, kann ich mir auch vorstellen, dass – in einem Stadium extremer Anspannung – der Geist in sich selbst eine moralische Verkommenheit heraufbeschwören könnte, so abscheulich und metaphysisch, dass sie ihn dann verbrennt; und das, glaube ich, passierte so mit Adrian Temple und John Maltravers.

Man kann sich schwer vorstellen, welches Beiwerk notwendig ist, um eine solche mentale Erregung hervorzurufen, in der allein ein solches Bild des Übels Realität werden kann. Vorstellung und Legende, sie sich vereint hatten, um mögliche Erscheinungen des Übernatürlichen darzustellen, stimmen auch darin überein, dass dies, zu bestimmten Zeiten und an bestimmten Plätzen, wahrscheinlicher passiert, als an anderen.

Es ist möglich, dass die fehlenden Seiten des Tagebuchs einen Bericht enthielten, mit Angabe von Zeit, Ort und anderen Voraussetzungen, die Temple für ein tödliches Experiment gewählt hatte. Sir John hat wahrscheinlich die Szene nachgespielt unter genau den gleichen Bedingungen, und die Wirkung auf seine überreizte Vorstellung war so lebhaft, dass sein Verstand die Balance verloren hat.

Der gewählte Zeitpunkt zweifelsfrei der 23. Oktober, und ich kann nicht anders, als zu denken, dass der Ort der Ereignisse einer dieser böse aussehenden und verfallenen Räume am Meer war, die so einen schrecklichen Eindruck auf Miss Maltravers gemacht hatten.

Temple könnte in dieser Nacht eine dieser mittelalterlichen Anrufungen durchgeführt haben oder, möglicherweise, die viel antikere Beschwörung des Isiac-Ritus, mit dem ein Mann seiner Bildung und seinen Neigungen sicherlich vertraut war.

Das Beiwerk beider Handlungen ist scheußlich genug, den Geist in Schrecken zu versetzen, um ihn damit darauf vorzubereiten, an eine furchterregende Erscheinung zu glauben. Was auch immer getan wurde, ich bin sicher, dass die Musik der *Gagliarda* ein Teil der Zeremonie war.

Mittelalterliche Philosophen und Theologen meinten, dass das Übel in seinem Wesen so schrecklich ist, dass der menschliche Verstand, wenn er dies erfassen könnte, bei dessen Anblick verderben würde.

Solch eine Erkenntnis wurde gewöhnlich aus Mitleid zurückgehalten; es ist aber möglich, dass es in der *Viso Malifica* eine Anspielung darauf gibt. Die *Viso Beatifica* war, wie allgemein bekannt ist, diejenige Vorstellung, die den Anblick eines perfekten Gottes und das Glück im Himmel darstellen sollte und die Belohnung der Geweihten in der nächsten Welt. Die Traditionen sagen, dass eine solche Vision einigen ausgewählten Seelen sogar in diesem Leben gewährt wurde, wie Enoch, Elijah, Stephan und Hieronymus.

Aber es gibt ein Gegenteil zu der *Viso Beatifica*, in Form der *Viso Maleficia* oder der Vorstellung des absoluten Übels, der in der großen Peinigung der Verdammten besteht und die, wie in der Vision der Glückseligen, bestimmten verzweifelten Männern offenbar wurde.

Sie kam zu Esau, wie gesagt wird, als er keinen Platz finden konnte, um Buße zu tun, und auch zu Judas, den sie in den Selbstmord trieb. Kain sah sie, als er seinen Bruder ermordete, und die Legende sagt, dass in seinem Fall, als auch in anderen, ein körperliches Brandmahl hinterlassen wurde, dass der Körper bis zum Grab tragen musste.

Es wurde angenommen, dass die *Visio maleficia*, die Vision des Bösen, neben der spontanen Erscheinung bei verlorenen Männern, auch von einigen großen Meistern absichtlich herbeigerufen wurde, um damit ihre Feinde zu vernichten. Aber diese Tat wurde damit gleichgesetzt, sich den Mächten des Übels bewusst zu unterwerfen.

Adrian Temple kannte ohne Zweifel diese Legende, und das verloren gegangene Experiment hätte ein Versuch sein können, die Vision des Bösen heraufzubeschwören.

Das ist aber bestenfalls eine nur vage Vermutung, da der Baum der Erkenntnis des Übels viele giftige Früchte hat, und niemand kann die Extravaganzen einer unberechenbaren Fantasie vollständig erklären.

Zusammen mit Miss Sophia hatte mich Sir John als sein Testamentsvollstrecker und Vormund seines einzigen Sohns eingesetzt. Zwei Monate später machten wir ein großes Feuer in der Bibliothek in Worth an. Als die Diener alle zu Bett gegangen waren, verbrannten wir darin das Buch mit der *Areopagita* von Graziani und die Stradivari-Fiedel.

Die Tagebücher von Temple hatte ich schon vernichtet, und ich wünschte mir, ich könnte genauso leicht die schändlichen und verdorbenen Erinnerungen an sie aus meinem Gedächtnis löschen.

Ich werde wahrscheinlich Vorwürfe von denjenigen bekommen, die Kunst über alles andere hinweg verherrlichen und dass ich eine einzigartige Violine verbrannt habe.

Diesen Vorwurf kann ich hinnehmen.

Obwohl ich nicht unangemessen abergläubisch bin und auch keine Sympathie für diesen potenziellen Pantheismus empfinde, dem Sir John Maltravers seinen Verstand untergeordnet hatte, fühlte ich so eine große Abneigung gegen diese Violine, dass ich es sowohl nicht ertragen könnte, sie in Worth zu lassen, als auch, sie in andere Hände zu geben.

Miss Sophia Maltravers stimmte mir in diesem Punkt voll zu.

Es war das gleiche Gefühl, das jeden belastet, ausgenommen Dummköpfe oder Maulhelden, die in 'verhexten' Räumen schlafen wollen, oder gerne in Häusern leben, die mit der Erinnerung an ein abscheuliches Verbrechen belastet sind. Kein gesunder Verstand glaubt an törichte Geistererscheinungen, aber die Fantasie kann manchmal auch das Beste von uns verhexen. Deshalb wurde die Stradivari verbrannt.

Es war trotzdem keine so ernsthafte Sache gewesen, da, wie ich sagte, der Bassbalken nachgegeben hatte. Es war immer eine Frage gewesen, ob er stark genug war, moderner Besaitung standzuhalten. Die Erfahrung zeigte schließlich, dass er es nicht war.

Mit dem Defekt des Bassbalkens, brach der Korpus zusammen und das Holz ist entlang der Holzfasern in so starkem Maße gebrochen, um die Fidel unreparierbar zu machen, ausgenommen als Kuriosität. Ihr Verlust muss daher nicht so sehr bedauert werden.

Ich weiß, Sir Edward, dass Du so erzogen wurdest, mehr an einen Kricketschläger zu denken, als an den Bogen einer Violine; aber wenn Du Dir zu irgendeiner Zeit eine Stradivari kaufen möchtest, werden die Vermögen von Worth und Royston, die Dir durch die Jahre der Minderjährigkeit erhalten wurden, eine solche Handlung sicher rechtfertigen.

Miss Sophia und ich standen dabei und beobachteten die Vernichtung der Violine. Mein Herz füllte sich mit Zweifeln, als ich sah, wie der sanfte rote Lack am Rücken abblätterte, aber ich ignorierte mein Bedauern.

Als die hellen Flammen hochsprangen und sich um sie wickelten, warfen sie einen roten Schein auf die Schnecke der Violine. Sie war in wundervoller Weise gewunden und unterschied sich, wie Miss Maltravers schon erwähnte, von allen anderen, bekannten Exemplaren einer Stradivari.

Als wir das beobachteten, nahm die Schnecke Gestalt an, und wir sahen, was wir niemals zuvor gesehen hatten: Sie war in einer Weise geschnitzt, dass die tiefen Linien, bei besonderen Lichtverhältnissen, das Profil eines Mannes zeigten. Es war ein verschrumpeltes, kleines, heidnisches Gesicht, mit scharf geschnittenen Konturen und einem Glatzkopf.

Als ich darauf schaute, wusste ich sofort (und einige Miniaturen haben seither diese Tatsache bestätigt), dass es ein porphyrischer Kopf war. Damit war auch der zweite Aufkleber und Sir Johns Ansicht bestätigt, dass Stradivari sie für einen enthusiastischen Neuplatonisten gebaut hatte, der sie seinem Meister Porphyrios gewidmet hatte.

Ein Jahr nach dem Tod von Sir John ging ich mit Miss Maltravers in Kirche in Worth und betrachtet eine flache Schieferplatte, die wir über das Grab ihres Bruders gelegt hatten. Wir standen im hellen Sonnenlicht in der Kapelle der Familie Maltravers, mit den Monumenten dieser prächtigen Familie neben uns. Darunter waren das Grabmal von Sir Edmond und die Reliefs von mehr als einem Kreuzritter.

Als ich mir ihre ritterlichen Gestalten anschaute, mit ihren Köpfen, die sich auf den geneigten Helmen ausruhten, mit ihren strengen Gesichtern und ihre Hände zum Gebet gefaltet, konnte ich nicht anders, als sie für das volle und unerschütterliche Vertrauen zu bewundern, für das sie gekämpft haben und gestorben sind. Es schien mir in einem starken Kontrast zu unserem neuzeitlichen Halbwissen und halbherzigen Glaubensbekenntnissen zu stehen und auf eine höhere Ebene des Trostes gebracht zu werden, durch die dunklen Schatten von John Maltravers Leben.

Vor unseren Füßen war die bronzene Ausführung von Sir Roger de Maltravers. Ich zeigte meiner Begleiterin das Ende der Inschrift –

'CUIUS ANIMAE ATQVE ANIMABUS OMNIUM FIDELIUM DEFUNCTORUM, ATQUE NOSTRIS ANIMABUS QUUM EX HAC LUCE TRANSIVERIMUS, PROPITIETUR DEUS'.

Obwohl ich kein Katholik bin, konnte ich es nicht verweigern, ein ernsthaftes 'Amen' auszusprechen.

Miss Sophia, der die lateinische Sprache keineswegs unbekannt ist, las die Inschrift nach mir: "*Ex hac luce* (aus diesem Licht heraus)", sagte sie, so, als würde sie zu sich selbst sprechen, und fügte an: "Leider!, leider! – für einige ist dieses Licht die Finsternis."

So wie diese verlorene Stradivari unbekannt war, so ist es – leider – immer noch, mit der *Areopagita* Suite und der *Gagliarda* von Carlo Graziani. Wenn Sie dennoch mal in seine Musik reinhören wollen, empfehle ich die heute noch gern von wunderbaren Cellisten gespielten Sonaten für Cello und basso continuo (Cembalo), insbesondere 'In viaggio verso Breslavia / auf der Reise nach Breslau'.